U0613251

樂 府

·

心里滿了，就从口中溢出

绿 血

MISTY RIVER

宋迅 著

SPM 南方传媒 | 广东人民出版社

·广州·

献给你，

我的朋友。

目录

绿 血

1

2014 年夏，我在永义市局禁毒支队工作十年后，经多次申请转到刑警，调入迷雾河刑侦大队，任副大队长，申请理由是打小的刑警梦，还有个原因没提，我早已厌倦了跟毒品打交道，成天暗影里行走，跟烂人称兄道弟，十年来警服一共没穿过几回。

虽然干了多年缉毒，有些事情我却一直没搞明白，自改革开放毒品犯罪起苗头来，警方打击力度逐年加大，吸毒的反倒越来越多，年龄还越来越小，好多吸了戒戒了吸，在我手里进进出出成了老熟人。这些瘾君子中白领精英大有人在，最后一次任务抓获的吸毒者甚至是个自己人，被抓时很配合，说他实在痛苦，只有靠这东西可以稍微好过一点。那天去看守所路上队长烟没断过，一个警院刚毕业的小兄说，他们可能只是迷茫。队长回了句，谁不呢？

迷雾河是永义下辖县级市，本不是什么好去处，但局领导给出这个唯一选项时，我立马同意了。

我父亲曾在迷雾河当刑警，我在迷雾河出生、长大，我十二岁那年父亲调入市局，我家才从迷雾河搬到永义。

迷雾河市位于贵州北部，毗邻四川重庆，方圆百里尽是原始森林，地区属于典型喀斯特地貌，不便修路搭桥，曾经几乎与世隔绝，90年代以前，只有一条沿河而建的省道与外界相连。当地盛产煤和高岭土，特产高粱酒，小城因迷雾河从中穿过得名，迷雾河属长江支流，发端不详，出城后向东蜿蜒数百公里，在四川曲江县汇入长江。

在我见过的河流中，迷雾河或许是最神秘的一条，两岸山势险峻，耸入云霄，看不见多高，河谷晴雨莫测，气象万千，一山有四季，十里不同天。最奇特的是，这里群山常青，河水却会随季节更迭改变颜色，夏天红褐，冬天碧绿，无论冬夏，河面上都弥漫着灰白雾气，终日不散。

我记不清多少年没回迷雾河了，重返故土，只感觉家乡完全变了模样，熟悉的地方都不见了，到处是成片的高楼，政府搬去了新区，河滨公园绿树成荫，原先只有几个小吃摊的东门码头现在成了夜宵酒吧一条街，环城新路正在建设，高速公路早已四通八达，那条坑坑洼洼的沿河省道也改造成了旅游公路，骑行者、露营客随处可见，唯独没变的似乎只有那条河。

报完到大队长江宁把我叫到办公室。江宁是我刑警学院同班同学，我俩上下铺，大学四年，互相挤对了四年。他招呼我坐，扔过来一支烟，说，可以啊你，来之前也不跟我商量，知道你来刑侦想干嘛，现在没你想办的那种案子了。我说，一个案子都没有最好，天下太平。他端起保温杯吹吹沫，说，想得倒挺美，做好长期和诈骗犯斗智斗勇的准备吧。

我俩闲聊一阵，他对我和小金分手表示遗憾，我问他什么时候结婚，他说快了，让我准备好份子钱。肖婷和江宁大学就在一起，毕业后跟他来了迷雾河。之后回到正题，商量工作分工，他突然问我，吴叔叔当年挺厉害你知道吧？我没说话。他说，破不少大案，人称无影手，嘴再硬的犯人一经他手立马就招。我说，换现在你看他还行不，文明执法了都。

江宁接了个电话，说，我要去趟检察院，晚上回不来，接风只能改天，不过给你准备了个礼物。他说着拉开抽屉，拿出一个厚厚的文件夹，递给我，说里面是迷雾河近几十年积压的悬案。

知道你在缉毒是骨干，要不他们怎么死活不放人。江宁说，怎么样，够懂你吧？我笑了笑，说，这还差不多。

江宁走后，我把材料大致过了一遍，一共十来个，都是命案，案发时间主要集中在 1985 年到 1995 年间，正好贯穿了我的童年，其中三个无头案最引人注目。

第一个是 1987 年一起持枪抢劫杀人案。信用社的运钞车途经黑风沟遭歹徒持枪抢劫，司机和两个押车员当场死亡，运钞车上八万现金被劫走。死者身上找到九枚弹头，经技术鉴定来源于两把仿五四式手枪，结合脚印判断歹徒至少两人以上。

第二个案子死者是我爸上司。1994 年春节，其驾驶的警车在下辖迷雾河镇郊外四十公里处被发现，雪地有拖拽血迹，尸体半月后在迷雾河中捞起，死因是胸口遭猎枪近距离射击，随身配枪没丢失。受大雪影响现场未能找到其他有价值的线索。开始怀疑是仇杀，后证实死者为几宗毒品和谋杀案主犯，推测为同伙灭口。

第三个案子是 1995 年一起灭门案。受害人在青龙镇郊国道开饭店多年，诚信经营，生意日益红火，属于改革开放后迷雾河第一批勤劳致富的人，后建了一栋临河小楼，一楼经营羊肉火锅。该案唯一目击证人是马路对面的邻居，据他描述，案发当晚下着暴雨，他看见一个戴斗笠的男人路过受害人所开饭店，当时天色已晚，雨势凶猛，受害人邀请男人进屋躲雨。第二天，受害人一家五口竟被利刃杀死于屋内，财物无损，唯独戴斗笠的男人不见踪影，现场唯一线索只有半个 46 码解放鞋的血脚印。

我去资料室准备复印一套档案带回住处，小郑看见开我玩笑，哟，吴队刚来就准备破大案啊。小郑之前在几个涉毒案件上协助过我，来了才发现，迷雾河大队有不少熟人。

2

晃眼到了冬天，半年里我经手几起小偷小摸，两起倒卖古海洋生物化石，谁能想到这崇山峻岭曾经竟是一片汪洋，除此之外几乎都是诈骗案，传统诈骗、新型诈骗，手法五花八门层出不穷。一个无业男子冒充富二代同时交往了十五个女友，以合伙经商名义向她们骗取钱财，还让其中两个为他生下孩子，抓获时钱款早被他挥霍一空。一个农民自称是清朝皇族后裔，伪造了圣旨玉玺、巨额银行存单，以解冻资产为由，骗光了几个空巢老人养老家底。一伙骗子假冒教育部门工作人员，打着发放助学贷款旗号，专门诈骗贫困大学生，其中一个农村女孩，父亲早逝，母亲瘫痪，她学习勤奋，终于考上心仪大学，开学前却接到骗子电话，说要先付学费，结果家里借遍亲戚筹到的九千块钱被悉数骗走，女孩一时想不开，跳了楼。

那段时间我吃不下饭，睡不好觉，一次抓捕后在卫生间里吐了。有几天我一下班就去靶场练枪，那天江宁遇到我，说，来这么勤，想当枪神？我说，这些杂种都他妈该枪毙。说完连开五枪，报靶均是五环六环，还有个三环。

警队历时三月，打掉了那个冒充教育部门的诈骗团伙，主犯最后落网，竟是个二十出头的年轻人，一头黄毛，满脸冷漠，没有半点悔罪之意，我告诉他那女孩的事，他却说，聪明人才有资格活，蠢的全都该死。押他回迷雾河那天我没忍住，在服务区趁小郑上厕所的空档，狠收拾了他一顿，回到局里被投诉，江宁看到黄毛的伤，嘀咕了句，为什么打脸？第二天处分下来，记过一次，停职十五天，全局通报。

我回市局上了几天学习班，上午学习，下午跑出去钓鱼。我记不清多久没好好休息了，小金就是嫌我没时间陪她提的分手。那几天我鱼钓了不少，心里却很空，直到局里打来电话，让我立马返岗。

城西有个观音湖，现在改成了湿地公园，前两天工人清淤，从湖里捞出一个编织袋，里面除几块石头还有一具完整人骨，手脚尼龙绳捆着，未着衣裤，初步判断死者为中年男性，身高 180 厘米左右，死亡时间 15 年以上。

我们排查了迷雾河十五年前的若干男性失踪案，通过失踪人口直系亲属与人骨 DNA 比对，死者身份很快确认，竟是 90 年代迷雾河的话题人物，二十多年前失踪的光明农机厂厂长黄宗云。黄宗云失踪前身陷数桩贪污大案，坊间一直传他畏罪潜逃了。

白骨的发现在本地引发了不小轰动，市局高度重视，要求尽快侦破，消除影响。

案件久远，局里安排我去高岭县接一位老刑警来协助我们梳理案情。老刑警姓陈，和我父亲是战友，1979 年两人一起上越南战场，退伍后都回迷雾河当刑警，我爸到永义第二年，陈叔调去高岭公安局任政委，他是当年黄宗云失踪案主要经办人。

多年没见陈叔，他以前抽烟喝酒样样凶，现在两样都戒了，陈叔看到我，感慨说，到底还是回迷雾河接了你爸的班。我说，谈不上，碰巧而已。他说，你爸身体还行？我说，糖尿病高血压，每天照样没少喝。他问我们现在关系如何，我说老样子。他笑笑说，小时候你爸打你我知道，怕你走歪，其实你转刑侦，他最高兴。我没说话，陈叔说，你刚来，可能体会还不深，刑侦不比缉毒，可以慢布线紧收网，一旦出了命案，黄金期那么短，想破就得玩儿命，精神二十四小时紧绷，像活在高压锅里，看谁都像杀人犯，你想啊，九几年你爸四十出头，正当年，不得志，每天破不完的凶案，追不完的逃犯，连顶头上司也是鬼，死了扔河里半个月才找到，那种环境下，换成是你，会怎么样？

局里，江宁给大家介绍当年的案情：被害人，黄宗云，男，失踪时 42 岁，1969 年参军，1971 年退伍后分配到迷雾河红星陶瓷厂采购科，1979 年升任红星陶瓷厂厂长，1989 年调任光明农机厂厂长。

1993 年夏，暴雨夜，黄宗云驾车回县郊一处居所后连人带车失踪，两天后由其二婚妻子孙彩英报案。1989 年，黄宗云与原配离婚，同年与孙彩英结婚，四年后黄宗云出事，二人无子女。

据当年孙彩英笔录所述，那栋三层自建房是黄宗云买来养老的，平时不住人，只放东西，二楼卧室内有个保险箱，黄宗云失踪后，里面一套账本和二十多万现金一起没了。报案时孙彩英坚称黄宗云是被抢劫谋害了，但房间里成箱的贵重烟酒都没动，经勘验房屋门窗和保险箱均完好无损，现场也没发现任何可疑痕迹。孙还认定此事与黄宗云前妻沈会琴有关，沈会琴是个普通家庭妇女，社会关系简单，离婚后便去了其他城市生活，早已排除嫌疑。

陈叔对案件背景做了补充，黄宗云失踪前一年，光明厂破了产，大批工人下岗，厂长黄宗云不仅低价贱卖了厂房设备和土地，还克扣工人们的下岗安置费，之后一直被工人们联合上访举报，但没什么效果，直到1993年，光明厂一个叫涂友亮的工人在省里上访跳楼自杀，闹得沸沸扬扬，引起了高层注意。由于黄宗云失踪前省纪检部门正着手对其进行调查，现场也没发现任何疑点，警方当时倾向于他提前收到风声携款潜逃了。

会上定下方案，要求各方对案件侦办进展严格保密，安排警力秘密走访，重点排查原光明农机厂相关人员。

散会陈叔要江宁带我们去趟沉尸现场，路上若有所思，说，老吴直觉是对的。江宁说，什么直觉？陈叔说，吴川他爸当年就怀疑这案子不简单，说很可能是预谋抢劫，人八成没了。江宁看我一眼，说，我说你爸厉害吧。

观音湖边，警戒线已经拆除，我们在大坝上观察现场全貌，江宁讲了打捞白骨的情况，陈叔说，嫌犯应该是案发当晚开黄宗云那辆车来的，再划船到湖中心沉尸，这湖我知道，中间其实挺深。说这话时天边晚霞夕照，湖畔杨柳依依，水面上游船缓缓而行。

变化真大，成公园了，那是以前红星厂吧？陈叔指着湖对岸那片漂亮楼房问。江宁说，陈叔没记错，红星厂，当年生产废水排到观音湖，那时候这就是个臭水塘，钓上来的鱼都没人吃，现在是我们这儿最贵的楼盘，森林之畔，老板叫周浩森，以前红星厂下岗工人，据说九几年为个什么事离开，前两年回来，摇身一变，成了迷雾河风云人物。陈叔说，周浩森？感叹道，真是三十年河东三十年河西。江宁问，陈叔认识？陈叔摇头，说，不过我记得他和老吴两家是世交，对吧，吴川？江宁拍拍我，陈叔问你呢，发什么呆呀？

工作结束后江宁找我抽烟，说，还不知道吴叔认识周浩森。我没说话。江宁说，他公司现在有个盘，叫森林之子，修在深山老林里，挨着云梦湖，环境不说了，还要配一流康养院，说要建成中国最大的森林养生小区，专门用来避暑养老。我说，你现在考虑养老是不是早了点？江宁说，养个屁，我跟肖婷不是快结婚了吗，感觉她爸妈还有点犹豫，怎么说呢，有点怀疑我诚意，我想着表示表示，名义上给她爸妈，其实都能住，不过价格真不便宜。我说，你想找我借钱？他看我一眼，你能有钱？我是想让你问问你爸，看能不能跟周老板说一声，打个折。我说，要问你自己问。他直摇头，同学家长我最怕你爸，脸一黑，阎王似的。我说，那我没办法。

咋整？他看着我，唉，你认识他女儿周炎吧？搞不好找她更管用。我说，不认识。他观察我表情，突然说，她该不会就是你这么多年，一直耿耿于怀的那个女孩吧？

3

我出生于一个军人家庭，我父亲叫吴志戎，1971年参军，在云南边防部队服役，后升任连长，成为我外公部下。父亲训练严谨，作战勇猛，深得我外公喜爱。我母亲叫阮郁青，也是军人，文职干部，与我父亲同军不同旅，1978年两人经外公介绍开始恋爱，1981年结婚，同期退伍，我母亲是云南大理人，跟我父亲来到迷雾河，我父亲成为一名刑警，我母亲进入县机关工作，次年生下我。

熟悉我妈的人都知道，她最喜欢花，这一点随我外婆，我妈从小是跟花一起长大的，结婚后她把我们家院子改造成了花园，一年四季花开不断。我妈认为一个小女孩是这个花园最完美的搭配，怀上我后变得爱吃辣，很高兴，以为是女孩，结果是我。三岁之前我妈都把我按女孩打扮，直到我上幼儿园那天，才给我脱下裙子，换上小男孩的衣服。

我妈说我小时候非常贪吃，任何好吃的一旦到了我手，绝无可能再拿出来，但当我第一天在幼儿园见到周炎，竟破天荒将兜里的大白兔掏出来，全给了她。那些大白兔是我答应我妈上学换来的，我揣了一晚上，一颗没舍得吃，那年头，别说小孩，大人都对大白兔趋之若鹜，周炎却不为所动，不仅如此，她居然把大白兔塞回我衣兜，害我当场嚎啕大哭，直到周浩森好言相劝，周炎收下大白兔，我才止住声。

那也是我第一次见到周浩森，他高高瘦瘦，衣服整洁，上衣口袋别着一支钢笔，戴眼镜，脸刮得干干净净，不像我爸，总是不修边幅满脸胡茬。周浩森说，这孩子性格怪，有点不知好歹。

我妈把我放一边，去摸周炎脸蛋，爱不释手，眼睛眯成一条缝，我妈说，这孩子不贪，有心气儿，我一会儿跟老师说说，让他俩坐同桌吧。周浩森说，怕周炎欺负小川。我妈说，怎么会，我看他俩处得很好。周浩森，炎炎上学你们费心了，还不知道该怎么谢你们。我妈说，一家人不说两家话，你和志戎从小一起长大，现在炎炎和小川又是同学，多好。

　　就这样，我和周炎成了同桌，我经常分好吃的给她，平均四五次她勉强接受一回，我势必兴高采烈。周炎爱画蜡笔画，八条腿的马，浑身都是眼睛的王八，其他小朋友笑她画得滑稽难看，我却喜欢，偶尔她送画给我，我均照单全收，并郑重其事放进"保险箱"——一个图案是齐天大圣大闹天宫的铁皮饼干盒。

　　周浩森在红星厂工作，保卫科，下班不准时，接周炎放学总迟到。有天下午天阴沉得像晚上，一直下着大雨，厂里出了起盗窃案，他从派出所打电话到幼儿园，请我妈帮忙把周炎接去我家，但周炎坐在小桌前安安静静地画画，老师好说歹说，就不跟我妈走。炎炎，你为什么不跟阿姨回家呀？你爸爸叫阿姨来接你，他今天要晚点才能下班。我妈坐在她旁边，一如既往耐心，周炎停下手里蜡笔，看着我妈小声说，爸爸没叫你来接我，你没说暗号。

　　我妈连忙上办公室给派出所挂电话，周浩森猛拍脑袋，哎呀，忘了和你说，暗号是0607，炎炎生日。我妈看了眼旁边的挂历，说，不就是今天？

　　我妈对上暗号，周炎才收拾起小书包，跟我们走。我妈一手牵我，一手牵周炎，跟人打招呼都比往日开心，路上她去市场买半只鸡，又上糕点屋买了个漂亮的生日蛋糕。

　　晚上我爸照旧办案回不来，我妈炖了锅竹荪鸡，还把我最喜欢的鸡翅膀夹给周炎，夸她筷子拿得好，喝汤不洒，说我的嘴像个大漏勺，让我好好向周炎学习，我心服口服，没像以往那样撒泼顶嘴。放了碗筷，我问什么时候吃蛋糕，我妈说等一会儿饿了再吃。我说，已经饿了，结果把周炎逗笑起来。

吃完饭，我妈开始讲故事，周炎有些心不在焉，一直望着门口，我则祈祷周浩森等我们吃完蛋糕再来，否则按我妈行事风格，很可能会把蛋糕整个给他们带走。除了花，我妈还喜欢看书，她有很多书，会讲各种各样的故事，有丑小鸭、美人鱼，也有巴别塔、十字军东征，我还听过荆轲刺秦王、王徽之雪夜访戴，我妈讲故事有个特点，完全随机，就看她从书柜里拿出来一本什么书。

那天我妈讲了个童话，豌豆公主，我听得津津有味，甚至差点忘了蛋糕这回事儿。

雨停了，时间越来越晚，终于我们点上蜡烛唱起生日歌，准备切蛋糕，周炎情绪却低落到了极点，直到听见周浩森在外面喊她名字那一刻，她从高高的椅子上一跃而下，冲到门口猛扑到周浩森怀里，紧紧抱着他脖子不撒手，转过身，早已满脸是泪。

周浩森头上缠着纱布，眼镜碎了一块，周炎说，爸爸，你怎么了？我妈问，老周，怎么受伤了？周浩森说，没事，不小心摔了一跤，今天真是给你们添麻烦了。我妈说，自己人还这么见外，干脆这样，以后你来我家接炎炎。周浩森说，怎么敢再麻烦你们。我妈说，麻烦什么，顺手的事，孩子晚饭刚吃完，你还没吃吧，快进屋，凑合吃点。周浩森说，得回去了，要不一会儿又下雨了，炎炎，和阿姨、哥哥说再见。周炎跟我们挥手，眼泪还在淌。

我妈让他等等，回屋把蛋糕装上，硬塞给周浩森，说，事就这么定了。又摸着周炎脸蛋说，爸爸工作很辛苦，下班晚，以后都来这儿接你，咱们不让爸爸担心，好不好呀？

见周炎点了头，周浩森没再说什么，给我妈鞠了个躬。

那天以后都是如此了，每天我妈来接我俩放学，吃完晚饭，听我妈讲一会儿故事，周浩森来了，周炎再跟他一起回家。

周浩森要给生活费，我妈坚持不要，周浩森就不时给我们家拿来一些野果、野兔之类的山货。那时候红星厂效益已是一落千丈，工人工资发不全是常事，总拿瓷器抵。我们家餐具几乎全是红星的，红星瓷器做工精良，质地好，周浩森自己不舍得用，都送了过来。

我从没见过周炎的妈妈，后来才知道，她妈妈生她时难产没了，周浩森只好申请去看大门，把家搬去门卫室，边工作边照顾周炎，直到她上幼儿园。

1987年，我五岁，和周炎上大班。寒假的一天，周浩森把周炎带到我家，说要去趟南边，拜托我爸妈照顾周炎一段时间。周浩森去了大概一个月，过完年，有天深夜，悄悄来了我家，他遇到了麻烦，涉嫌倒卖国有资产被警方通缉。周浩森在我家阁楼藏了三天，三天后，他自首了。那案子还上了迷雾河台晚间新闻，法官当庭宣读判决结果，周浩森站在被告席，头发剃了，穿着看守所的黄马甲，背对我们，看不到脸，站得笔直。他判了六年，因表现良好，在监狱待了五年，周炎也在我家生活到十岁。

4

幼儿园到小学，我和周炎都是同班同学，她从没问过爸爸在哪儿，不需要，周围人时刻提醒着她是劳改犯的女儿，老师们忽视她，四邻街坊对她指指点点，班上女孩团结一致孤立她，男孩们更是用尽心思挖苦她，嘲笑她。

周炎只有我一个朋友，我也只有她，我对和周炎以外的人做朋友没有半点兴趣，每个挖苦嘲笑周炎的第二天肯定可以在铅笔盒里发现一只千足虫或者癞蛤蟆，每当他们吓得鬼哭狼嚎，我就邀功似的看向周炎，她却不以为意，继续看书写字。

对别人的欺负，周炎总是一副不在乎的样子，越这样，我心里越不是滋味。有天放学回家，有人从楼上浇了周炎一盆水，我冲上楼，人早不见了。我看着浑身湿透的周炎，又生气又心疼，满腔怒火没处发，干脆往自己头上倒一盆水，周炎看我狼狈样，居然笑了，我也跟着笑起来。

最让周炎开心的是每天晚饭后的故事时间，尤其夏天，我们一人搬一个小板凳，坐在满是花香的院子里，听我妈讲故事。

周炎来我家后我妈讲历史故事最多，周炎爱听，直到现在我也无法想象一个五六岁的小女孩不喜欢童话，却对审判苏格拉底、烧死布鲁诺这种故事听得入迷，还问个不停。那天我妈讲到焚书坑儒，我听得满头雾水，周炎问，外国也这样吗？我妈想了想，说，嗯，就像纳粹，他们做了很多很多坏事。周炎又问，什么是纳粹？我妈说，就是坏人。你们长大以后要做好人，不要做坏人，知道了吗？我和周炎点点头。

周浩森入狱的五年里，我家生活也发生了一些变化。

1989 年初，我爸带一名新警着便服乘中巴从迷雾河前往永义办案，途经粉笔岩，车内三名匪徒掏出利刃实施抢劫，我爸二人因办案需要各随身带了一把满弹的五四式手枪，两人举枪示警，匪徒却提刀朝他们冲来，我爸坐最后排，新警位置更靠近匪徒，开枪时人卡了壳，眼看匪徒刀已举起，我爸果断开枪，最终击毙两人，击伤捕获一人，不幸误伤一名同车群众，伤势严重，送到医院抢救很久才救回来。

那以后我爸脾气变得更暴躁了，好不容易回趟家也是阴着一张脸，我只要稍有差错免不了挨一顿打。我爸打我不分场合，我又很没骨气，哭很大声，在邻居面前早已尊严全无，在家他出手更重，我妈和周炎帮我求情，他就把我关到里屋收拾，我每天过得小心翼翼如履薄冰，好在他从没打骂过周炎。

那年我妈生了病，总咳嗽，很少再给我和周炎讲故事，家里失去了以往的快乐，院里花草也日渐枯萎。

1990年，冬天，我妈走了，我们生活彻底变了样。那两年刑案高发，我爸工作更忙了，多数时候只有我和周炎在家，要吃饭只能自己做，一开始不是半生不熟就是缺盐少醋，炉子灭了得自己劈柴生火，没摸着窍门，弄得屋里浓烟滚滚，消防队都来了一趟。后来我们就可以搞定一切了，洗衣，做饭，换灯泡，甚至学会了捏煤球，捏完煤球两人成了大花脸，看着对方哈哈笑。那两年虽然辛苦，却是我们最自由的一段时光。

1992年春，我父亲把一个审讯时挑衅他的强奸杀人案嫌犯打得不像样，因此被记大过，调离刑侦，不再经常出差，我们也结束了自由自在的生活。

同年我和周炎升入四年级，学校拆分，从迷雾河一小转到二小，换了不同老师和一半新同学。新同学有个叫欧小强，他爸也是警察，欧小强仗着比一般孩子壮，在班上耀武扬威，经常带头找周炎麻烦。开学没多久，那天轮到我和周炎、欧小强还有欧小强同桌四个人值日，我按规矩把教室分成四块，每人负责一块，欧小强让周炎把他俩的卫生做了，周炎没搭理，只打扫自己那块，欧小强就管周炎叫小劳改，还用粉笔在黑板上歪歪扭扭写下"周炎小劳改"几个字，说她必须接受劳动改造，我让他擦了，他说，吴川你还想英雄救美？少装好人了，周炎她爸不是你爸抓进去的？你俩在一起就是猫和耗子。我气得浑身发抖，转身出了教室。

欧小强站在讲台上，双手挥舞，骂骂咧咧，周炎充耳不闻，这么多年，她很清楚，一旦理会，对方只会变本加厉。我回来时，欧小强还小劳改小劳改叫个不停，直到我一砖头拍他头上。

欧小强住了两天院，班主任把我爸叫去学校，我爸回到家不由分说给了我一巴掌，力道之大，我一个趔趄，顿时眼冒金星。周炎告诉他原委，说，叔叔，这次你不该打小川。他听了也没和谁道歉，换了身衣服，和周炎说要出趟差，没影了。我委屈地在被窝哭一晚上，第二天起来眼睛通红，肿得像只鼓眼青蛙，更让人气不打一处来的是脸上巴掌印居然还没消。

周炎煮了面叫我，看到我在把吃的穿的死命往书包里塞，问我要干嘛，我说，离家出走。周炎说，啊？

周炎说，真要走吗？我又很想哭，强忍住，咬牙说，这家没法待了，你别拦我，今天谁也拦不住。周炎说，那你等等我。

我吃完面条，周炎说，我收拾好了，我说，你想好了吗？这事跟你没关系，吴志戎打的是我，不是你。周炎说，有关系，你因为我被打，我们是一起的。我听了很感动，说，我们是一支队伍。她说，嗯。

周炎收拾完厨房，我留下一张纸条在桌上，上面写着，"我们走了，不回来了。"出门前我把吴志戎当兵时的军帽找出来，给周炎戴上，说，既然是队伍，每人必须有顶帽子。周炎说，那你怎么办？我本来盘算自己戴那顶更威风的警帽，无奈警帽太大，帽檐又硬，根本戴不上，干脆从厨房拿了那口煮奶的双耳锅扣在头上当钢盔，别说，大小正合适。

离开家，我们穿过县城，走到迷雾河大桥。迷雾河雾气重重，晨雾挺冷，随风扑在脸上，清醒不少，我问周炎，我们去哪儿？周炎说，是你要离家出走啊。

赤红的河里一艘运煤驳船逆流而上朝我们驶来，前几天下了场大雨，河水涨了许多，水流湍急，驳船过一处狭窄河道时格外吃力，烟囱冒着滚滚浓烟，轰鸣声震耳欲聋，我们不约而同盯着那艘驳船，一起用意念为它加油助力。

那艘驳船最终还是通过了狭窄处，越开越远，消失在视线里，周炎扭头看我，说，要不我们跟着船走？

5

我们跨过大桥，和那艘驳船一起，沿着公路往迷雾河上游走去。路不宽，铺着一层碎石子，车开过，扬起一阵尘土。

过了县界，周围一下荒凉许多，路边只有些稀稀落落的土坯房，中午我们经过一个全是吊脚楼的村子，坐在村口一座很有年代的石桥上吃了面包，继续赶路，下午在森林里采了些野果当晚餐，有的我认识，像红籽、刺梨、八月瓜、猕猴桃。我说，这个小草莓最好吃。周炎说，这叫牛奶泡，不叫小草莓。我说，我以前吃过，你爸给的，用芭蕉叶包着。周炎说，以前我爸经常带我一起往山里去，给我摘野果吃，街上水果贵，我爸很少买，如果我生病，会给我买一个橘子罐头，我最喜欢橘子罐头，吃完病就好了。我说，我生病吴志戎屁都不给我买。想到那巴掌，我恨得咬牙切齿，几乎又要哭。

傍晚我们错过了一个村子，太阳正在落山，必须尽快找个住处，周炎说，我们不能睡在马路边，容易被发现。于是我们穿过树林下到河边，找了一块小小的草地准备过夜。

我们放下书包，坐在石头上休息，那是我们第一次在野外过夜，难免有些担忧，我说，万一遇到坏人怎么办？周炎从书包里掏出一把折叠水果刀，打开，说，我带了这个。我说，好。周炎收起刀，我说，天黑了我们是不是得点堆火，万一有狼和蛇好把它们吓跑。周炎说，那现在要去捡柴，不然一会儿看不见。

捡柴时我突然想起什么，说，你带火柴了吗？周炎说，嗯，带了。我松了一口气。

我们过夜的地方正好在迷雾河拐角处，视野开阔，天边晚霞跟河水一样红，中间隔着连绵高耸的群山，像是有两条河，一条在地上，一条在天空。

我说，快看，河水是红的。周炎说，你才知道吗？我点点头。周炎说，那你知不知道这条河到了冬天会变成绿色？我说，真的吗，还会变成绿色？周炎说，到时候你看一下。我说，好。

天黑尽后，我们点起柴火，拿出两件衣服，垫一件，盖一件，书包当枕头，肩并肩躺在一起。睡了一会，我说有蚊子，周炎从书包里拿出一瓶花露水，还拿出一支电筒，我们用电筒照了好一会儿星星。

我早已对周炎心悦诚服，也对她的书包充满期待，我说，你还带什么了？周炎说，没了，就这些。

我半天没睡着，柴火灭了，星星却变得更亮，一闪一闪，仿佛触手可及。我叫周炎，周炎转头问我，怎么了？我说，有点睡不着，想说会儿话。周炎说，好啊，想说什么？我说，要不你讲个故事吧，听完我可能就困了。周炎看着我，说，想听什么？我说，最好是童话，美人鱼之类的。周炎说，神话行不行？我问，吓人不？周炎说，有一点。我想了想说，好。于是周炎给我讲了山妖的故事。

很久很久以前，迷雾河深山里住着一个心地善良的山妖，山妖苦修千年，化得人形，但不管再如何修炼，血依然是绿色。山妖非常善良，总被村民欺负，由于害怕暴露绿血的秘密，只能忍辱负重地活着，人们的恶意却变本加厉，有一天他忍无可忍，还手教训了对方。

不幸的是山妖自己也受了伤，尽管伤口很小，还是有人看到了绿色的血，村民们如临大敌，群起攻之，将其抓住，请来巫师施法镇压。山妖现出了原形，村民把他绑在河边木柱上，以石刑处死，临死前山妖苦苦哀嚎，瞬间天光变色，电闪雷鸣，随即暴雨倾盆，河谷涌出漫天大雾。

处死山妖后，奇怪的事发生了，他伤口流出的血竟一点点变成了红色，雨水把山妖绿色和红色的血带入迷雾河，在那之后，迷雾河有了两种颜色，那场大雾也笼罩至今，从未消散。

我说，我妈给你讲的？怎么没听过。周炎说，我爸。我说，什么时候？周炎说，最后见他那回。我说，山妖真可怜。周炎说，是啊，你困了吗？我说，更睡不着了。周炎笑笑，说，早知道不给你讲了，说完转头看着天空。我说，你在想什么？周炎说，我在想，这条河开始的时候，究竟是红色还是绿色的。我说，你觉得呢？周炎说，不知道。过一会儿她看着我，眼睛忽闪忽闪，你想去看吗？去它最开始的地方看看。我点点头。她笑起来，说话算话？我说，嗯，要不要拉钩？她说，嗯！

聊完天，我们继续睡觉，我想起一些事，情绪低落起来，我问周炎睡着没，周炎看着我，说，你还睡不着吗？我说，我觉得，这个世界很糟糕。不知怎么，山妖的故事没觉得害怕，但让人有些难过。周炎说，世界还是很美好的，只要你不把坏人算在里面。我看着她，还想说点什么。她说，睡吧，明天还要走很远呢。

第二天，我们制订了详细的行动规则：沿河而上，不走岔道，这样没有地图也不会迷路；只在白天行动，只在有人烟的地方过夜；尽量找废弃的房子或者桥洞，实在没条件可以在稻草垛里凑合一晚；尽量避免暴露身份，如果有人问要说家在附近。

饿了我们吃野果馒头，渴了喝山泉水，一直向前，步履不停，下雨就打着伞走。

一路上我们遇到各种各样的人，骑着水牛的翩翩少年，脚踩一根竹竿渡河的神仙，徒步拉车的旅行者，侧翻在沟里的北京吉普，经过一个没人的采石场，还看到门口摆着一具尸体，盖了块破竹席，只露出一双穿草鞋的脚。记忆最深刻的是迎面遇到的一个流浪汉，蓬头垢面浑身褴褛，用树藤当腰带，拄着一根木棍，行色匆匆，昂首阔步，目不斜视和我们擦身而过，颇有丐帮长老风采，我和周炎回头去看，看到他身后别着一把明晃晃的柴刀，我们互相看一眼，倒吸一口凉气。周炎突然喊了声，快跑，拉着我的手，使劲往前跑，后来没跑了，手还牵着。

我们沿着河谷走了一周，一天，远远看见一座白色大山，脚下的路似乎蜿蜒着通向山间，周炎说下午最好可以走到那儿。我们鼓起斗志，加速前进，累了就抬头看看那座山，很快再次蓄起力量，傍晚，终于走到山脚，发现面前是悬崖峭壁，生生凿出一条路，通向山腰。我们爬上那块峭壁，迷雾河从山脚流向远方，大地笼罩在金色光晕里，耀眼却温柔，我们站在那里，被这奇景震慑了，谁也没说一句话。

是周炎率先往前走的，走下悬崖，我情绪又低落下来。

我有点想家了。一是路途风餐露宿实在艰苦，二是我气也消得差不多了。我说，要不，我们回去吧。周炎说，我们拉过钩了。我说，可是已经走了这么久，真能走到吗？

周炎看着我，过了会儿说，那你回去吧。我说，你还是要去吗？周炎说，嗯，你跟吴叔叔说，让他不用担心，我走到头就回来。说完她往前走去，脚步沉着坚定，我看着她背影走远，喊了声，喂。她转身看着我，远得看不清表情，仿佛是在期待。我说，等等我，甩开膀子，朝她飞奔而去。

　　第九天上午，我吃太多野果患了腹泻，走几步必须往树林里钻一回，几乎脱水。我问周炎会不会死，周炎说，不会的，你只是拉肚子。她从路边挖来几棵车前草，洗干净，用那口钢盔煮水给我喝，喝完没多久腹泻就止住了。我说，你怎么这么厉害？周炎说，我爸教的。我说，吴志戒屁都没教我。周炎笑了笑。我说，其实我一直想跟他学打靶。周炎说，你走快点，跟上我。

　　那天天气很好，刚下过一场雨，空气清新凉爽，路面潮湿却不泥泞，大货车经过也没有半点灰尘，我们走在路上，步伐格外轻松。下午遇到一个苗族送亲队伍，男人们吹着芦笙，挑着嫁妆，女人们头戴银冠，身披银饰，新娘的银冠最大最漂亮，走起来风铃一样叮当作响，好听极了。那是我们见过最好看的新娘，我们走在新娘旁边，把她夸得脸都红了，也得了不少糖果点心。

　　第十五天，到了云南境内一个叫跑马的小镇，周炎路途劳累病倒了，我们找了个破庙休息，她说有点累，我这才发现她在发烧，我说，我去给你找医生吧。周炎说，不行，那样他们会把我们送回去。我说，可是你生病了啊。周炎说，你去挖点蒲公英，煮水给我喝，明天就好了。我说，真的吗？周炎点点头。

我照周炎所说，煮了蒲公英，等水开的时候我从书包里拿出一个橘子罐头，那是我跑遍小镇好不容易才买到的，她看到罐头笑了。我费老大劲才打开，用勺子喂她，她吃了一口，说，就是这个味道，和我爸买的一模一样。她让我也吃，我推不过，吃了一口，真甜呀。

周炎喝完蒲公英水，似乎好了一些。晚上，我照顾她睡下，夜里，她醒了，说口渴，我喂她喝水，她喝了好多，喝完要我陪她说会儿话，我问了一些从来没问过她的问题，你想你爸吗？周炎看着我，点点头。我说，那你哭过么？周炎摇摇头。印象中，我只在那个雨天见周炎哭过一次。我说，你知道结婚是什么意思吗？周炎说，知道。我说，什么意思？她说，两个人，不分开。我说，我们俩，不要分开。周炎说，好，永远不分开。我说，那我们算是结婚了？周炎点点头。我们拉了钩，我牵着她手，说，睡吧，明天就好了。她听话地闭上了眼睛。

那天晚上我们一直手牵着手，我睡得很香，做了许多甜味的梦，第二天醒来一摸她额头，烫得更吓人了。

我不顾周炎阻拦，找到镇上的派出所，很快，警察把她送去医院，挂了点滴，等她第二天体温恢复正常了，所里又特意派了辆吉普，把我俩送回迷雾河。

　　我们是晚上到的家，我爸在门口等我们，脸上带着伤，他让我俩先进屋，在外面和送我们的警察聊了一支烟，跟着进了屋，他问我们饿不饿，周炎摇头，我点头，他看我一眼，摸了摸周炎额头，问她感觉怎么样，周炎说，好多了。吴志戎说，行，那你们洗漱睡觉吧，除此之外没再说别的。

　　第二天我睡到吴志戎叫吃中饭才醒，饭桌上只摆了两副碗筷，觉得纳闷，我叫周炎，没人回我，我问，周炎呢？吴志戎说，她爸接走了。我说，去哪儿了？我爸说，不知道。我说，什么时候回来？我爸埋头吃饭，说，不回来。我问为什么不回来？我爸不说话，我一直问，他干脆走了。那之后，我就不怎么跟我爸说话了，我觉得一定是他的原因，才让周浩森带着周炎决绝地离开。

　　两年后，我爸调到永义刑警大队，我也离开了迷雾河。香港回归那年，我15岁，我爸在一次缉毒行动中驾车追击逃窜毒贩，被毒贩同伙开车撞成重伤，差点牺牲，我才又主动跟他说话，也再没提过周炎的事。

　　直到现在，整整二十三年，我再没见过周炎。后来，我认识了一些女孩，谈了一些恋爱，差点步入一段婚姻。我几乎要忘记周炎了，我没法不忘了她，我们形影不离、朝夕相处无数个日夜，临别时她却没一句再见。

6

陈叔有工作在身，第二天回了高岭。晚上下起大雨，江宁给我打电话，聊起白骨案，说二十多年前案发那晚，大概就是这天气。

我们开车去了迷雾河北郊，半山腰有两栋紧挨着的三层小楼，均废弃多年，墙上写着"拆"字。我说，这地方挺偏啊。江宁说，是啊，黄宗云还买了保险箱，用意很明显。

我俩打着手电进了其中一栋楼，房间一片狼藉，有股很重的霉味，江宁说那件事之后这里没再住过人。我说，黄宗云应该是被盯梢了，他在外面捞了好处，就会存到这里。

二楼客厅有个阳台，视野不错，能看挺远。山下有个废旧小区，挡板围着，荒草一人多高，房子是八九十年代常见的苏式火柴盒楼，门窗拆了个干净，闪电一照，一个个黑洞，像骷髅眼眶。

江宁说，那是以前玻璃厂家属区，再往那边去是桂花老街，听说老街明年也要拆了，那片儿一拆，咱迷雾河就细胞彻底更新，变新城市了。

进了卧室，江宁指出保险箱的位置，说，那是个机械式密码箱，操作挺复杂，光有密码还不一定能开。我说，这么看，黄宗云进门前，不太可能遇害。江宁说，很可能是下车，或者开门时被控制，然后逼他打开了保险箱。

我说，黄宗云开了保险箱，被绳索勒死，装袋运走，抛尸后，凶手连夜把车开到外地处理了。江宁说，抛尸前脱了他衣裤，是想故意隐藏被害人身份。我说，这说明熟人作案可能性很大，嫌疑人清楚，一旦确认死者身份，警方很快能排查到自己。

江宁说，可有个问题，黄宗云人高马大，又当过兵，怎么控制？隔壁住着几家人，当天晚上谁也没听见动静。我说，白骨上没有裂痕伤痕，不会是重击。

江宁想了想，说，会不会有另一种可能，黄宗云是畏罪潜逃后再出的事。我说，如果是畏罪潜逃，当晚黄宗云一定已经离开了迷雾河，遇害后凶手多半会就近处理尸体，白骨也应该在外地发现。江宁说，可究竟是怎么控制的？刀？枪？我想了想说，邻居离得这么近，要想万无一失，恐怕只有一种可能。

ヲ

两个月后，我开车回永义。听见敲门声屋里的狗汪汪叫起来，吴志戒在这之前没养过任何宠物，也不准我养。他退休后养成了傍晚散步的习惯，几年前，出门散步遇到一群流浪狗正在抢食，其中一只黑不溜秋，最脏最小，被其他狗欺负，什么也抢不到，吴志戎把刚买的馒头给了它一个，后来发现它竟一直跟着自己，他转身呵斥，狗停住，回过头去，狗继续跟着，散完步回家，狗跟到楼下，坐那儿看他。吴志戎进了屋，过一会儿出来，狗还在。第二天开始，邻居们看见他散步身边就总有一只小白狗，寸步不离。

吴志戎问，谁？我说，我。狗听了叫得更凶。吴志戎说，等会儿。过一会儿他开了门，拴着围裙，背比以前伛偻，厨房正炒着菜，又忘了开油烟机，满屋烟，没看见狗，应该是关阳台了。

吴志戎把菜端上桌，解下围裙放一边，拿起一瓶白酒，说，来点？我说，开了车。他只给自己倒一杯，吃了几口菜，吴志戎说，又遇到什么案子了？想问什么直接问。我说，听说周浩森回来了。他看我一眼，没说话。

我说，为什么后来我们两家再没来往了？

他喝了那杯酒，还是不说话。

我把酒拿过来，他看着我，想了半天，说，把酒倒上。

倒上酒，他一口干了，说，周浩森当年进监狱跟我有关。

我再倒。

他再干一杯，说，周浩森下岗那年，红星厂早已资不抵债了，没法支付拖欠的工资和下岗安置款，加上库房积压严重，便放出风，说工人可以拿走瓷器自行销售用以抵付，可工人们哪来销路，没一个答应，天天静坐示威。那阵周炎说腰痛，去医院检查，肾结石，需要一笔钱手术，周浩森别无他法，他把周炎托给我和你妈照顾，拉了一批瓷器去广州，以有奖销售的方式全卖了，听说赚的钱远多于厂里欠他的，就有人举报他侵占国有资产。周浩森其实早知道他被立案通缉，还是来了我家，迷雾河就那么大，我只能劝他自首，我跟他说，这些瓷器你拉走时，出货单明明白白，那边销售钱款两清，干干净净，我分析不至于那么严重，现在对策是要尽早解释清楚，争取从轻处罚。周浩森说，志戒，我俩从小一起长大，我不能害你，害你们一家，可你得让我想想，如果我有案底，炎炎这辈子就毁了。他足足想了三天，我正常上下班，没让任何人知道他在我家，第四天早上他找我上屋外说话，说只有一件事放心不下。我说，我知道，浩森，事情不复杂，查清楚顶多十天半个月，孩子手术我们已经安排好了，等你回来她应该康复了。周浩森点点头，进屋和周炎说了些什么，披上件衣服出来，跟我去了局里，等我回家，周炎递给我个信封，里面装着手术费。

吴志戎叹了口气，说，后面事情完全超出了预料，据说那张出货单是周浩森伪造的，最后还是判了刑。

我说，所以他带着周炎不告而别？

吴志戎一仰脖，又干一杯，说，周浩森这个人，出身不好，从小没少挨欺负，打不还手骂不还口。大了参不了军，不让考大学，只能下乡当知青，好不容易回城，只给安排最差的工作，去了红星厂，后来又第一批下岗，即便这样，也没听他抱怨一句。但五年监狱确实改变了他，沧桑许多，头发花白了，看人眼神也和以前有些不一样。周浩森提前出狱那几天，正好你俩离家出走，他爱女心切，跟我动了手。你俩回来那晚，我等你们睡着，通知了他，他天没亮就把周炎带走了，后来听说去了深圳，发了家。

吴志戎示意我倒酒，我说，少喝点。他说，最后一杯。我说，我来还有个事，上个月观音湖捞上来具白骨，编织袋装着，死了二十多年。他抬头看我一眼，继续夹菜。我说，身份查出来了，是当年光明厂贪污案畏罪潜逃的黄宗云。他听到"黄宗云"三个字端酒杯的手顿了顿，喝了酒，他搁下杯子，抽出一支烟放嘴里，四下找火，我从兜里掏出打火机，帮他点上。

我说，陈叔说你当年就怀疑是抢劫杀人。吴志戎说，当时我也没证据，只是感觉事情不会那么简单。

　　我看着他，吴志戎长长吐了一口烟，说，那个年代的事，你们这代人可能永远没法理解，下岗潮那几年，也是我最忙的时候，两三个月回不了一次家。那年月别说女人，壮汉也不敢在暗巷里走夜路。我记得当年邻市有个案子，两口子都下了岗，女人有点姿色，就去歌厅勾引有钱人，专挑煤老板下手，灌醉带回家，和老公一起把对方绑起来，关在定做的狗笼里，钱到手就撕票，作案三四起，可受害人尸体怎么也找不到，后来才交代，他俩在后院养了几条大狼狗，那些人被剁碎喂了狗。

　　吴志戎把酒拿过去，倒一杯，接着说，光明厂当时最严重，上千号人下岗，收入断了，安置费也下不来，活路都没了，黄宗云他们几个照样吃香喝辣，肥得流油，工人们自然愤愤不平，那几年不少案子和光明厂有关系。一栋楼会住很多人，有的住得高，有的住得矮，正常不过，可地基要是塌了，你觉得谁还能活？

　　我说，我们几乎排查了整个光明厂，没什么线索。

　　吴志戎想了想，说，当年他们侦办那个绑架案，从始至终把重心放在煤矿工人身上，还错抓过几个人，那几年矿上事故多，死人是常有的事，给家属随便打发点钱就了了，上面也不处理，积累了很多民怨，但最后不是他们干的。

　　我说，嫌疑人知道黄宗云的处境，故意拿走账本，伪造成畏罪潜逃，很可能是精心预谋。吴志戎说，有这种可能。我说，屋里没有打斗痕迹，黄宗云当过兵，体格好，骨头完好无损，邻居家也离得近，嫌疑人要想悄无声息控制他，应该不是常规手段。

吴志戎看着我，你想说，迷药，对吧？我说，我推测嫌疑人一直藏在附近，趁黄宗云开门，用迷药迷晕后控制，等他打开保险箱后再用绳索勒死。吴志戎说，你说的当年我们不是没怀疑过，但现场没发现任何迷药成分，源头我们也查了，医院麻醉科，各生物科研单位，这类药品管理一向很严，没找到线索。

我陷入思索。吴志戎说，我早不关心什么案子了，现在养养花逗逗狗，挺好，有时候想想，退伍那年也许真不该选刑警，尤其是那年月的刑警。

对了，他说，你和小金怎么样了？我说，分了。他说，什么时候的事儿？我说，挺久了。他夹一筷子菜，像是自言自语，现在人没点分量，蒲公英一样，一阵风就散。说完他喝光那杯酒，把杯子倒扣桌上，说，好了，今天就到这儿。

临走时吴志戎说，过两天去看看你妈，别忘了。我说，没忘，每年她墓前都有束白玫瑰。你送的？吴志戎说，我没种玫瑰，去一般只带酒。我说，那狗为什么老冲我叫？他说，你下次给它带点吃的试试。

回去路上吴志戎打来电话，说，我回想挺久，你们不要忽略一个调查方向，红星厂。黄宗云是红星厂最后一任厂长，红星厂规模小，破产早，工人们也大多沉默，常被遗忘。我说，知道了。过一会儿他又说，这案子当年我们没破，希望你们把它给破了。

8

母亲忌日那天傍晚，我到花店买上一束菊花，去了墓园，我爸通常是上午去，这样正好可以错开。

我到那儿的时候，看见一个穿黑衣的女人站在母亲墓前，手里拿着一束白玫瑰。每年给母亲扫墓，她墓前都有一束白玫瑰，有次我碰到送花人，说是花店的，受一位客人委托，但不知道客人信息。

女人放下玫瑰，起身时看到我，愣在那里，慢慢露出笑容。

我走近她，她的发丝随风轻摆，眼睛依然清澈，仿佛什么也没改变。她突然上前，抱住我，脸紧紧贴着我肩膀，我能感到她手轻盈中带着力量，好久才放开，她看着我，眼里

闪着泪光。她说，你恨我吗？我点点头。她一言不发，又抱
住我，更紧了。

我醒来，发现是梦，去墓园时，一束白玫瑰端正地放在
母亲墓前。

9

我们用一个多月排查了原红星厂下岗工人，很多已经找
不到了，有的当年厂子破产后便南下打工，再没回来，有的
染上了酗酒赌博，五六十岁相继离世。留在本地的现在处境
倒不差，含饴弄孙，安享晚年，他们不少就住在森林之畔，
据说周浩森以很低的价格卖他们房子。

若干年后，他们谈起那个年代感慨不已，我们问起当
年厂里谁和黄宗云有积怨，众说纷纭，表示除了黄身边小圈
子，全厂工人恐怕都巴不得他横死街头。

一个七十多岁叫申叶明的老人从 1963 年红星厂建厂起
就在工会工作，对当年情况比较了解，他和我们说，黄宗云
是 1971 年红星厂最红火那两年来的，后台硬，开始在采购
科，一路升迁，1979 年当上厂长，其实 1977 年后，厂子
已经走下坡路了，老厂长也是他排挤走的，黄宗云信誓旦旦

要带领大家重振红星厂辉煌，一上台，关键岗位全部安插自己亲信，几年把厂子搞破了产，闹下岗那阵他不仅克扣安置款，还不顾工人反对，把厂贱卖了，工人们丢了饭碗，没了希望，他自己倒狠捞一笔。当然黄宗云也不是一无是处，这个人很会和上头搞关系，红星厂一卖完就调去光明厂，照样当厂长，后来再贱卖光明厂，各种操作已轻车熟路。

我问他，以您的了解，您觉得，黄宗云在红星厂期间最记恨，或者说，最害怕的人是谁？申叶明半天没说话。

您不要有任何顾虑，江宁说，这个人目前来看，最有可能给我们提供破案线索，那么多年了，这个谜团难道您不想解开？

申叶明沉默许久，说了个名字：周浩森。

他说周浩森为人正直，有想法，也愿意替大家出头，大伙儿很认他，闹下岗那两年，工人们推选他出面和领导交涉，他坚决反对卖厂，据理力争，因此成了黄宗云的眼中钉。

您刚才说周浩森为人正直，我问，那他为什么倒卖国有资产，还判了六年？

老人情绪一下激动起来，他告诉我们，当年工人们都觉得周浩森是黄宗云陷害的。我问，有证据吗？他说，举报周浩森的叫沈平，黄宗云小舅子，算不算证据？

江宁问，这个沈平，现在在哪儿？老人说，早死了，当年没少贪，后来赌博，欠一屁股债，跑去缅甸死的，横尸街头，所以说，老话你得信，不是不报，时候未到。

我们走时他说，周浩森是个好人，大好人呐。我们还问过几个红星厂的老人，说法和申叶明基本一致。

回去路上，江宁问我周浩森当年判刑的事，我把知道的告诉了他，他听完说，有点蹊跷。我说，怎么？他说，这些人眼里，周浩森绝做不出倒卖国有资产这种事，黄宗云和周浩森有矛盾，陷害他确实有可能，但有个问题我想不明白。我说，什么问题？他说，如果周浩森当年真是陷害进去的，这么多年过去，他也早就是个有头有脸的人物，为什么一直不想办法平反？我说，人家不在乎吧。江宁喃喃自语道，不在乎？真的不在乎？你说他为什么不在乎？

到了局里，江宁说，我有种预感，周浩森当年这个案子可能不简单。

第二天，我们去法院，调阅了当年周浩森案的卷宗，从卷宗材料看，周浩森使用的提货单确实是伪造的，单位公章对不上，差异细微，一般人难以分辨。该案核心争议出在一个叫徐抗美的证人身上，周浩森供词里说，这张提货单是供销科科长沈平，在办公室当面盖章给自己的，他并不知道公章为假，徐抗美是红星厂会计，当时恰好在沈平办公室，看到了整个过程。徐抗美的几次证词显示，他确实看到周浩森在沈平办公室，但他找沈平签完字就离开了，不知道两人在谈什么，也没见过提货单和公章。

我们花一周时间才找到徐抗美，他多年前改名为徐诚，隐居在四川曲江乡下老家，据说一直深居简出，每天吃斋诵经。

徐抗美当年和黄宗云走得挺近，黄宗云去光明厂后徐也跟了过去，还是当会计。后因涉及黄宗云贪污案，徐坐过几年牢，在狱中经历家庭重大变故，信了佛。

徐抗美明确表示拒绝见我们，我和江宁还是去了曲江。

徐家不大，依然留出来一间佛堂，上午，徐在佛堂做功课，我们一旁静静等着，进门时我和江宁注意到客厅有个摆满野花的灵台，后面相框是个女孩照片，女孩长相甜美可爱，年纪估摸只有十四五岁。

和大多数信徒供观音如来有所不同，徐抗美佛堂正位供了一尊青面獠牙的怒目金刚，左手持绳索，右手持智剑，我因小金父母信佛故对佛教略有了解，认得那是不动明王，大日如来的化身，可摧毁一切邪魔，引迷失众生回归正道。

徐抗美做完功课，我们说明来意，没等向他发问，他倒下了逐客令。江宁差点急了，我拦住他，对徐抗美说，不动明王呈忿怒相，以威慑邪魔喝醒众生，右手持剑，意为斩断烦恼，左手握绳，意为捆绑邪魔，但最大的邪魔恐怕在我们心里，如果冥顽不灵任由内心邪魔横行，修行者自然无法斩断烦恼，慈悲心坚固，不可撼动将从何谈起？

徐抗美还是把我们赶了出去，我和江宁没走，坐他家对门台阶上，不吃不喝，天黑尽才回旅馆。晚上就着大蒜一人吃了三碗面，我问江宁有什么办法，江宁说，只可智取不可强攻，明天你继续在门口守着，千万别去找他，我回迷雾河一趟，一切等我回来再说。

我在曲江等了两天，在台阶从早坐到晚，徐抗美家窗帘始终拉拢着，两天里只见他爱人出门买菜，他自己从没出门半步。

第三天夜里，江宁回来了，还带了几张光盘和一台影碟机。

我们再去了徐家，他还是老样子，要赶我们走，直到江宁给他们放了一段录像。

录像是 1986 年迷雾河春节文艺汇演片段，一个十来岁的女孩在舞台中央表演独唱，她的歌声非常动听，神态表情落落大方，我这才认出来，她就是客厅照片上的女孩。

徐抗美夫妇看到这段录像，顿时泪如雨下。

这次他没赶，我们自己走的。我们在台阶上坐着，光抽烟，什么话也没说，都有些伤感，一盒烟抽完，看见门开了，徐抗美爱人过来请我们，说老徐答应聊聊。

我们向徐抗美了解黄宗云贪污情况，他说的和我们掌握的完全一致，还提供了一些我们不知道的细节。

我们问起周浩森判刑的事，徐抗美沉默许久，说，那几年黄宗云盲目扩大生产，货卖不出去，仓库也堆不下，厂里确实提出过用库存抵欠款，但没形成文件，沈平当年是红星厂供销科科长，周浩森那张提货单的确是沈平亲手盖章给他的，我去找沈平签字，碰巧看到了，后来黄宗云要我做伪证，条件是他会负责我女儿骨髓移植的钱。南无阿弥陀佛。说完他闭上眼睛，数起念珠，不再发一语。

10

第二天，局里开会，讨论案情。江宁认为周浩森作案动机充足，他想复仇，也需要钱，且熟悉黄宗云，应列为本案主要嫌疑人。我提了不同意见，我表示黄宗云案发时间是1993年，而周浩森1992年就离开了迷雾河，此间没人看到他回来过，本案犯罪实施需要对被害人进行长期跟踪观察，周浩森不具备条件。最后我俩谁也没说服谁，不过达成一致，认为白骨案策划严密，嫌疑人具备较强反侦察能力，大概率为两人以上作案，很可能使用了麻醉类药品。由于我们手上没有任何证据，为避免打草惊蛇，暂不对任何嫌疑人进行抓捕或问询，暗中调查继续进行，加大力度排查红星、光明两厂失联老员工，对其中可能接触到麻醉药剂的对象重点关注。

会后不久，与永义相邻的石矶市龙门镇发生了一起造成38死19伤，震惊全国的特大爆炸案。

龙门镇深山一个叫老鹰嘴的地方有一处木头搭建的地下赌场，该赌场主营滚地龙，这种赌博方式因所有参与者都无法作弊而在当地颇为流行，爆炸时正值周末晚上，赌客人满为患，爆炸十分剧烈，几公里外村民都能听见动静，以为是炸矿，现场惨不忍睹，残肢遍地。

案子伤亡巨大，影响极其恶劣，省厅成立了专案组，我和江宁被紧急抽调过去。此后大半个月，我们耗在这案子里，每天只能睡三四个小时，精神高度紧张，我也理解了活在高压锅里的感觉。

最后案件通过追索爆炸物来源得以侦破，嫌疑人是一名负债累累妻离子散的赌徒，自己也死在了爆炸现场。

确认嫌疑人死亡后，按流程案件随即撤销，我们回到迷雾河，投入到市局组织的迷雾河地区禁赌专项行动中。一个多月里，我们查封了几家藏身于深山老林的地下赌场，取缔了一批城镇中带有赌博性质的棋牌室和游戏厅。

行动结束，周末休了两天，江宁说馋我的辣子鸡，让我上他家露一手。我去了发现还有个女孩，肖婷同事，教音乐，挺文静。吃饭时肖婷一个劲讲我和江宁大学的蠢事，又绘声绘色描述"江川组合"五爱市场勇抓小偷、警院首届推理大赛智取冠军的事迹，引得女孩频频看我。之后肖婷提起警嫂不易，女孩突然问，你俩为啥想当刑警啊？江宁说，能为啥？累个半死还不挣钱。肖婷说，喜欢破案那种感觉呗，小时候的神探梦正义梦啥的。女孩说，你俩还挺有想法。过了一会儿，又说，你们有没有想过，要是遇到一个特别想破的案子，最后发现不破更正义，怎么办？女孩的问题把江宁逗乐了，他说，放心吧，不会的。

傍晚，我和江宁在阳台喝啤酒，房子临河，迷雾河在我们正前方拐了个直角弯，河道被建筑遮挡，不知流向何方。江宁问我怎么不多和人家聊几句，女孩多好啊，你是看不上人家哪儿？我说，最近压力大，没这心思。他揽着我肩膀说，你知道一个刑警真正成熟的标志是什么？我问，什么？他说，接受有自己破不了的案子。我说，你说得对。江宁过了会儿说，你刚来那天，那几个悬案，都看了吧？我说，看了。他说，你猜猜，哪个我最感兴趣？我说，那起灭门案？他和我碰一下杯，说，懂我，再猜猜我为什么感兴趣。我说，动机，你想知道这么一起恶劣之极的杀人案，背后究竟是个什么动机。他点头，说，了解动机才是预防犯罪的根本。我说，你毕业论文不是写的这个？江宁笑了笑，说，其实很多时候，我在想，这个世界要是没有犯罪了，该多好。我捏扁啤酒罐，说，是啊，那样失业了我也认。江宁说，三年前吧，我偷偷给自己定了个目标，这个案子，在我有生之年，无论如何，要给它破了。我说，非破不可？江宁看着我，说，这么一说，我也不太成熟啊？

江宁递给我一罐酒，说，但我觉得有机会，你说呢，也不是完全没线索，对吧？我说，从各方面看，你都比我乐观。江宁说，乐啥观啊，对你的个人问题，很不乐观，唉，怎么又聊到案子去了？我笑了笑，江宁瞧着我，说，真不打算找周炎了？我看着远处，摇了摇头。

11

但没过多久，我就不得不和周炎相见。

5月30日，迷雾河发生了一起非正常死亡案件，一名男子死在桂花老街一家小旅馆里。

死者年龄五十左右，身形瘦弱，左眉上有道明显的陈年伤疤，外地口音，双臂内侧全是针眼，头发检测出吸毒痕迹，应该是个老毒鬼，现场有死者使用过的冰毒针筒，尸检也证实为吸毒过量致死，死亡时间推断在5月29日晚上八点到十点之间。

这原本是个简单案子，但我们确认死者身份遇到了困难，死者登记用了假身份，除衣物和左手无名指所戴一枚翡翠戒指外，现场没发现其他随身物品。旅馆前台是个二十出头的胖女孩，我们去时正看言情剧，据她说5月29日晚，八点多钟，有个齐肩红发，身材高挑，穿绿色裙子，戴墨镜口罩的女人到前台，说自己没带手机，忘了客人房间号，是个老客户，五十来岁，挺瘦，脸上有道疤。红发女给她五十块，她就报了死者房间号，旅馆有后门，她不清楚红发女是几时离开的。

旅馆只有前台安了监控，我们调取当晚视频，证实了胖女孩的话，红发女出现在前台的准确时间是八点零三分，和胖女孩交谈片刻后离开。该女子无法看清容貌，初步怀疑为性工作者，死者手机钱包可能被其顺手牵羊，由于老街监控缺失，没能发现红发女的来去踪迹。

我们只能按流程发寻尸通告，但死者好像在本地没有任何关系人，几天过去，有个长期在老街街口拉活的出租车司机来报案，说案发几天前，死者坐他车去过森林之子售楼处。

12

这种情况通常只需派出所民警前往例行询问即可，但江宁把案子要了过来，还特意叫上我。

车跟着沿河旅游路出城十多公里，随一条分岔柏油路进山，在森林中穿行，海拔逐渐升高，窗外景致越发辽阔，进了小区，周围雾气苍苍，如临仙境，远处群山像层层台阶，我们处在最高一层，仿佛世界之巅。

江宁说一期入住得差不多了，让我看对面，云雾缭绕的山间遍布建筑工地。江宁说，你说说，人的野心究竟多大？什么人会在这深山老林里修这么大个楼盘，二期建完，住两万人打不住。

云梦湖湖面如镜，黑天鹅在湖中游弋，一幢幢小洋楼围湖而立，清一色意大利托斯纳风格，一座欧式城堡建在湖正对面，那是云梦湖大酒店，售楼处也在那，停车场停满了车，各地牌照都有。

我们很快找到了当天接待死者的销售部副经理王挺，据他回忆那人一看就来者不善，指名道姓要见周浩森，说是周总老朋友，又不肯表明身份，这年头招摇撞骗的太多，他没理会，后来那人在大厅里闹，说如果周总不见他，一定会后悔，他这才汇报给了赵秘书。

赵秘书三十左右，身材高挑，一头短发，说话办事挺干练，她说周总在她办公室见了那人。江宁问，哪个周总？赵秘书说，周炎，小周总，大周总身体不太好，早没管公司了。江宁问，这人见完周炎之后呢？赵秘书说，走了。江宁说，自己走的？赵秘书回答，是。江宁问，5月29号上周五晚上，你在哪里？赵秘书说，我得看看行程，说完拿出手机翻看，说，那天在上海出差，周六才回。江宁说，麻烦安排我们见见周总。

赵秘书打了个电话，把我们带到酒店顶层，董事长办公室，我们等在小候客厅，周炎在旁边大会客厅和几个客人谈着什么，赵秘书说他们马上结束，请我们稍坐片刻，她进去，和周炎耳语几句，周炎看向我们，点点头。

时隔二十三年，我再见到了周炎，她几乎和梦里的黑衣女人一模一样。客人们起身和她道别，她和他们一一握手，不卑不亢。我看着周炎，脑海里浮现出她小时候的样子，把大白兔塞回我口袋，坐在小桌前安静地画画，她说，那你等等我，伸出小拇指，要跟我拉钩。

客人离开后赵秘书把我们请进大办公室，她介绍我是吴警官，周炎好像完全没认出我，问我们喝咖啡还是茶，江宁说，不麻烦了，聊几句就走。周炎说，二位有什么需要了解的尽管问。

江宁给周炎看死者照片，周炎承认几天前在办公室见过他一次。江宁问，他来找周总有什么事？周炎答，敲诈勒索。江宁说，能不能具体一点？周炎似乎有所顾虑，但还是讲了那天见面经过，那人声称掌握了森林之子二期楼盘资金链断裂的情况，如果不给他一笔钱，他就把所谓内幕公之于众。江宁问，他身份知道吗？周炎答，不好说。江宁问，你们内部推测呢？周炎答，不太像是竞争对手找茬，也许是职业敲诈团伙。江宁说，这年头做生意不容易，树大招风，那后来你是怎么处理的？

周炎说，给点钱，打发走了。江宁说，难道你们资金链真有问题？这话我可能不该问啊。周炎答，小鬼难缠，我们做生意的，和气生财，这种钱每年要花不少。江宁问，你父亲认识他吗？周炎答，应该不认识。江宁问，我们能否见见你父亲，当面向他了解一下？周炎说，可能不太方便，过了一会儿说，我父亲患了癌症，晚期，身体很虚弱，意识已经不太清楚了。

江宁用手肘碰碰我，我才回过神来。江宁说，你有什么要问的？我摇头。江宁说，还有个问题，例行公事，希望不要介意。周炎说，请讲。

江宁说，5月29日，上周五晚上你在哪儿？准确地说，是晚上八点左右。周炎说，上周五么？我应该在一家饭店吃饭。江宁问，饭店叫什么名字？周炎说，河神。

谈话结束，江宁向周炎表示感谢，留了名片，准备离开，走出办公室赵秘书快步赶上来，叫住我，说，吴警官请留步，我们周总想单独和您聊聊。

那什么，我回局里还有点事。江宁拍拍我肩膀，走了。赵秘书领我去了玻璃房花园，说周总在处理点急事，请我稍等片刻。我站在窗边看着江宁从停车场驾车离开，又看着湖里的黑天鹅发了阵呆，数了数，一共三对。

我以前抓过一个毒贩是动物饲养员，二十出头，爱看书，尤其是陀思妥耶夫斯基，小伙曾经深爱过一个姑娘，又永远失去了她，为缓解痛苦沾了毒，再以贩养吸，数量巨大，远超死刑标准。行刑前我和他聊过一回，他不聊别的，唯独对他养过的各种动物如数家珍，尤其是天鹅，他问我，有没有想过，那些在湖里散养的天鹅为什么不飞走。我答不上来，他说，每年开春我都会给它们剪一次羽毛。我说，原来如此。他看着远处，脸上露出一抹疲惫的笑容，又说，如果天鹅是成对的，只剪掉其中一只羽毛就行，另一只即便没剪，也永远不会飞走。

不知何时周炎站在了我身后。

没想到我们会这样再见，她轻声说。我转过身，看着她，一时不知道说什么。她说，一会儿有事么？

电梯中途停靠一次，几个职员说说笑笑，看见周炎，说坐另一趟，周炎执意让他们进来，她朝里挪了挪，紧挨着我，手不小心碰到一起，软软的，和小时候一样。电梯下行，仿佛渡过了时间的长河。

13

我坐她车出山进城，河滨大道往东转胜利路，从美术馆后面进入一片翠绿，再往里开，一幢二层小楼藏在竹林中，清幽雅静，那是一家日料店，门口黑漆招牌上写着"河神"二字，字体苍劲有力，似乎出自名家手笔。饭店不大，装饰别致，服务员轻车熟路领我们去了二楼最靠里的包间，窗外景色极佳，正好可以看到迷雾河在天地间静谧流淌。进门前下起了雨，雨点打在竹叶上簌簌作响，空气里一股清新竹香。

一般周五晚上，或者有压力的时候，我就喜欢躲到这里喝一杯，周炎望着窗外说，离开这些年，总是在梦里听见迷雾河的汽笛声，我在心里和这条河说话，她好像都能给我回应，这样一来，也不那么孤独了。

我说，今天我陪你喝。周炎说，那我们喝白的吧。我说好。服务员取来一瓶迷雾河，要替我们斟酒，周炎接过酒说，你去忙吧。周炎倒了两杯，我们一饮而尽，再把酒倒满，看着我，一定有很多问题想问吧？

我说，这些年，你过得好吗？周炎给我夹了块生鱼片，说，说来话长。我说，周叔叔怎么样？周炎说，去年发现就是晚期了，但他很平静，不让手术、化疗，把工作交给我，搬去疗养院。有段时间他特别爱回忆以前的事，请了个作家帮他写自传。其实他挺清醒，过一会儿周炎又说，只是现在性格很怪，自传写完只想自己待着，有时候连我都不见。我说，我妈也是，生病了就不愿意见人。周炎说，郁青阿姨是不想别人为她难过，尤其是我俩。

我说，那些白玫瑰是你送的？周炎点头，说，郁青阿姨最喜欢白玫瑰，花园里种得最多。我听了很惭愧。周炎说，我从小没有妈妈，郁青阿姨就像我妈妈一样，我爸入狱后，只有郁青阿姨告诉我，我爸不是坏人，我也不是坏孩子。我问，那为什么爸爸还会被抓进去？她说，他只是被误解，误解需要时间才能解开，所以你要学会等待。我一直记着这句话，才坚持了过来。

我看着周炎，想起当年小小的她沉默隐忍的模样，恍如隔世。

周炎说，没想到你会当警察，后来吴叔叔还打你吗？我说，你是说现在吗？比以前少点。周炎笑起来，我也笑。

周炎说，这些年你怎么过来的？我说，就那样，平平常常上学，考警校，毕业进了市局，经历了些案子，都是别人的事。周炎说，吴叔叔呢，退休了吧？我说，嗯，退了。

我说，你呢？周炎端起酒杯，说，我大学学的是设计，本来想当个设计师，毕业后我爸要我去帮他，说他身边需要信得过的人，我就来了公司，再后来，她喝了那杯酒，我结婚了。说完又给自己倒上。

周炎说，我爸介绍的，他父亲是个省里的干部，老家永义，其实那时候我爸公司已经有了规模，但你知道，生意人，尤其是进过监狱的，都想有个靠山，我爸坦诚跟我说了想法，也完全尊重我的意思。

我说，他对你好吗？周炎说，刚约会那会儿，他带我去海边兜风，我随口说了句，安全气囊什么样？还从来没见过。他问我，你想看？我没说不，他把车速降下来，朝路边一棵棕榈树撞过去，车头砰一下撞瘪了，安全气囊弹出来。他扯着面前正泄气的白色袋子说，喏，长这样。

我说，现在呢？周炎喝了一杯酒，说，他有他的生意，和我家两条线，几年前他父亲出了事，生意跟着一落千丈，又交了些狐朋狗友，进了戒毒所，我们就分开了。

我看着周炎，她笑了笑，似乎早已云淡风轻，给你看看我女儿，唯唯。她给我看手机里一个小女孩的照片，眉眼几乎和当年的她一模一样。

你呢，结婚了吗？她问我，我摇头，她说，交过几个女朋友？讲讲？我讲了一些和前女友的事，她笑个不停，她说，你也太不懂女人了。

那天她喝了很多，至少是我两倍，我把她送回家，她家到处是动物玩偶，什么猩猩、鳄鱼、蟒蛇、犀鸟，应有尽有，儿童房布置成热带雨林，中间还放了个大帐篷。周炎非要睡帐篷，我只好扶她进去躺下，她说渴，我喂她喝水她却和我干杯，说还要喝，我说，快睡吧，不然明天会头痛。她听了问，今天周几？我说，周五。她突然坐起来，说，完蛋了，完蛋了。我说，怎么了？她说，我又要失信于人了。我

看着她，以为她约了什么重要客户。周炎说，我明天一早
要去永义接唯唯，说好给她补过儿童节。我说，要不你把学
校地址告诉我，明天周末，正好我没什么事。她说，你真没
事儿？我说，嗯。她看着我，说，不过我这女儿，不太好对
付。我说，比你以前还难对付？

周炎笑起来，过了一会儿，说，再陪我说会话，好吗？

我在她身边躺下来，我们就这么躺在帐篷里。

她说，你还记得我们离家出走的事吗？我说，记得，那
次的事我都记得。

她看着我，说，那天我还睡得迷迷糊糊，就被我爸带走
了，一早我们坐长途汽车去深圳，我爸说再也不回去了，想
到再也见不到你，一路我都在哭。

那天周炎和我说了好多话，说着说着酒劲上来，睡了
过去。

我帮她盖上毯子，回了家，那天我整晚没睡。

14

第二天上午，我赶到唯唯学校，他们班正在进行忏悔教
育主题班会，一个老师在讲台上讲话：现在回想一下你做过

哪些对不起爸爸妈妈的事情，思考一下，从今天起，你还要不要和他们吵架，跟他们顶嘴，惹他们生气？下面孩子们哭成一片。我一下看到了唯唯，全班孩子只有她没哭，她坐在椅子上，单手托腮，面无表情地望着窗外。

班会结束后我和老师打了招呼，找到唯唯，说明来意，唯唯一言不发，老师说，去吧唯唯，你妈妈给我打过电话了，让吴叔叔接你回家。唯唯看着我，还是一动不动。去呀，唯唯，老师拍拍她肩膀。唯唯看着我说，暗号？

差点忘了，我说，315对不对？你生日。

唯唯这才跟我走，上了车，她打开一本漫画，一言不发地看，完全没把我当回事。

我问她，刚才大家都在哭，为什么你不哭呢？唯唯头也不抬地说，因为我仔细想了，我没有做过对不起他们的事，是他们对不起我。

我突然明白了周炎说这孩子不太好对付的意思，看来必须特别的话题才能引起她兴趣。

永义在迷雾河上游，只要不赶时间，我一般会走那条沿河旅游路，兜兜风，放松下心情。我说，唯唯，你看河水，红色的，你知道到冬天它会变成什么颜色吗？唯唯看我一眼说，绿色啊。我说，那你知道为什么会变成绿色吗？唯唯说，山妖的血是绿色，你为什么要问这么简单的问题啊？我干咳两声，不再说话。过了一会儿唯唯抬头看我，问，你是我妈妈的男朋友么？我说，我是她朋友。她说，可我妈妈说过，她没朋友。我说，我是她小时候的朋友。她说，多小的时候？我说，比你还小。她说，所以人长大以后就没朋友了吗？我说，差不多吧，你朋友多吗？她说，一两个。我顺水推舟地问，那我可以做你的朋友吗？她说，你会画画吗？我说，我想想啊，我会抓坏蛋。她说，你是警察吗？我说，真聪明。她把头埋进漫画书，说，是你把我爸爸抓进去的，对吗？说完不再理我。

周六我和周炎带着唯唯去公园野餐、放风筝，周日上电影院看了场迪士尼的 3D 电影，吃她最喜欢的那家韩国烤肉。乍一看，还以为我们是一家人，但唯唯全程对我忽冷忽热，不得不感叹现在的小朋友远比当年的我们难捉摸，下午我和周炎一起送唯唯回学校，和她挥手道别时，心里竟有点空。

从永义回来，我把周炎送到家，停好车，拿出礼物，递给她，说，生日快乐。周炎有些吃惊，说自己忙得早忘了。我说，有人记着就行，打开看看。周炎拆开包装，是一个铁皮饼干盒，她疑惑地看着我，什么呀？我没说话。她轻轻打开盖子，里面全是丝带拴好的纸卷，她拿起一个，打开，一下明白了，笑起来，我也跟着笑，笑完她再拿起一个，打开，看了又笑，我们在车里笑了好一会儿，她都笑出了眼泪。

这两天谢谢你，周炎说，唯唯这个周末过得很高兴。我说，那就好。周炎说，你猜今天你去买冰激凌那会她和我说了什么？我看着她。吴警官人还是不错，你自己好好把握。周炎说完笑起来，我边笑边摇头。周炎说，她这两天跟我的话都多了。过了一会儿我说，我想去看看周叔叔。周炎看着我，我说，没别的意思，小时候给我带那么多好吃的野果子，我也该去看看他。周炎想了想说，好。

15

周一局里例会，江宁主持，介绍吸毒致死案的情况，确认了赵秘书那天人在上海，可以排除作案嫌疑。上午他去河神日料店调查，5 月 29 日晚确实有周炎的包间预订记录，一个人，查了饭店监控，显示周炎当天下午七点左右到店，用餐到九点半才驾车离开，红发女八点零三分在旅馆出现，周炎不具备作案时间，也可以排除作案嫌疑。

白骨案那边依然没什么进展，红星光明两厂下岗工人几乎排查了个遍，没发现可疑人员，我以当年邻市那起情侣绑架碎尸案为例，提出作案人可能和红星光明两厂无关，建议再次重点排查案发地附近玻璃厂家属区原居民，局领导均表示同意。

会后江宁说他不准备买森林之子二期了。我问为什么，江宁说他找人打听了，周浩森公司资金链确实出了问题，听他们内部人说周浩森力排众议，要把森林之子建成中国第一养生楼盘。江宁说，我承认它风景好，上档次，可迷雾河巴掌大个地方，得多少有钱人扎堆儿来才卖得掉啊。据说周浩森现在欠上游供应链不少钱，给员工发工资都成问题，现在到处融资，要是拿不到钱的话，上次你看的二期，那么一大片，全得烂尾。

快下班时周炎打来电话，问我明天下午有没有空。我爸想见见你，周炎说。

疗养院是森林之子的一部分，建在周围最高那座山上。进到病房时，周浩森正靠在病床上休息，他头发全白了，人瘦了很多。

病床对面是一扇巨大的落地窗，窗帘开着，视野极佳。

周炎俯下身，轻声叫他，他缓缓睁开眼，看到我，花了点时间辨认，费力地伸出手，我握住它，周浩森说，小川，坐。他声音沙哑微弱，勉强能听清。

我坐在旁边，看着他。周浩森说，你长得很像你母亲。

你父亲还好吗？他问我。我说，退休了，在永义。他说，如果有机会，我很想再见他一面，只恐怕是没机会了。我说，您会好起来的，这儿空气能治百病。

寒暄几句后周浩森支开周炎，和我单独聊天，他说，炎炎后来想去找你，是我不准，希望你不要恨我。我点了点头。他说，你现在怎么样？听炎炎说你当了警察。我说，是，这次来还有个工作上的事想请您帮助。他说，你说吧。我拿出那男人的照片给他看，问他是否认识，周浩森看完摇了摇头，说，我今天呢，也有一件事想和你说。我注意到周浩森额头出了很多细汗，似乎痛得厉害，我说，周叔，您是不是不舒服？我帮您叫护士。周浩森拦着我，急促地咳嗽，说，等我把话说完。

我靠近他，说，您说，我听着。周浩森说，炎炎如果当初和你在一起，应该会幸福，我知道你的心意，我希望你可以还像小时候那样保护她。短短几句话，似乎耗尽了全部力气。我连忙按呼叫铃，很快周炎和护士一起赶来，护士拉上床帘，给周浩森注射吗啡，我和周炎讲了刚才的事，周炎嘴唇紧闭，过了一会儿说，我爸这个人，再痛也不会喊一声。

几分钟后，护士出来，说，周总准备休息了。

半个月后，周浩森去世，周炎为父亲操办葬礼，按照周浩森遗愿葬礼规模不大，但很体面，红星厂能来的都来了，还派代表念了悼词。吴志戎也来了，朝周浩森遗像鞠了三个躬，我看到他眼眶通红。

16

葬礼后一个月，周炎请我去河神吃饭，说很久没好好吃一顿了。

森林之子的困境我从一个报社朋友那里得到些风声，葬礼期间周炎也在处理工作，打电话没避我，由于她只寻求股份合作，不接受整体收购，导致进展缓慢，眼下情况比江宁当初了解的还严重数倍。

菜齐了，她没吃几口，我给她盛碗汤，说，明天有空么？带你去钓鱼，散散心。她说，明天不行，得去趟上海，一早的飞机，可能得忙一阵。我说，那你注意身体。她笑了笑说，身体早不是自己的了。

我突然想起若干年前那个雨夜，她扑到父亲怀里泪流满面的样子。

在想什么？她问。没什么，我说。她看着我，说，森林之子确实出了问题，我得尽快解决。我说，何必苦撑？她说，我知道你想说什么，我一开始也是这个意思，把项目整体卖掉。

风吹过，竹叶沙沙响，她看向窗外，耳鬓处不知何时多了几根白发。

周炎去上海后，我们偶尔短信联系，彼此说一些保重身体、注意休息之类的话，我这边几个案子没进展，局里气氛也有些消沉。

一周后，发生了一件意想不到的事，黄宗云当时的二婚妻子孙彩英偶然看到寻尸通告，联系了我们。她不认识死者，只是觉得死者手上所戴那枚翡翠戒指，看上去和当年黄宗云那枚很像。

我和江宁去孙彩英家，保姆开了门，问我们找谁，江宁表明身份，里面有个声音说，让他们进来。

孙彩英住在市内黄金地段一处高档小区，家里装修得富丽堂皇，全是红木家具。孙比黄宗云小十多岁，如今不过五十出头，她烫了头发，化着浓妆，眉毛文得很细，一眼便知脸上动过不少，说话看不出表情。

保姆给我们上了茶，孙彩英说，你去买点菜吧。保姆出门后，我们问起戒指，孙让我们稍等，进了卧室，客厅硕大的液晶电视正无声播着中央台的专题新闻，内容是几天前天津那起死伤惨烈的爆炸事故，港口火光冲天，消防车警灯闪烁奔向火海，前赴后继。

孙从卧室拿出一个相册，给我们看当年她和黄宗云的合影，泛黄的照片里她漂亮时髦，与如今完全看不出是同一人，而黄宗云，左手无名指上果然戴有一枚绿色戒指，我问她验尸时为何没提戒指，她说那会儿情绪太崩溃，忘了。

江宁拿戒指给孙辨认，她看得认真，说，就是这个，百分之百。我问，为什么那么肯定？孙拿出另一枚造型相似的女士翡翠戒指说，这是我们结婚那年，去新马泰旅游买的情侣戒，我这枚里面刻了个 H，他那枚是 S。我拿过两枚戒指查看内侧，果然如她所说。

我把戒指还给孙彩英，她问死者是什么人，老黄戒指为什么会在他手上。江宁说，人我们正在查，戒指可能是抢的，也可能是从别处买的或者偷的。孙听了情绪有些激动，以手掩面，啜泣着说，当年我早说过老黄是被害了，你们非不信。

我递给她纸巾，她接过去，过一会儿恢复过来，恳求我们尽快破案，说这些年来她受够了流言蜚语，不知道的还以为老黄贪那些钱都让她卷跑了。江宁表示会尽力，感谢她给我们提供线索。

临走时孙彩英说，我可以再给你们一个线索。我们看着她，孙说，再查查他前妻。江宁看看我，说，会的。

当晚局里开专题会，由于吸毒致死案和观音湖白骨案有重大关联，局领导决定将两案并案侦查，会上部署了三个重点工作，一是将死者尸体送到省里做二次尸检确认死因，二是安排红星光明两厂原下岗工人和玻璃厂家属区原居民逐个辨认死者，三是加派警力寻找进过死者房间的红发女，范围扩大到整个永义地区。

两周后有了新发现。

一个玻璃厂家属区原居民认出死者曾在 1992 到 1993 年间租过他房子，我们通过寻访原玻璃厂下岗工人，确认了死者叫魏永革，是个孤儿，在迷雾河无亲无故，曾在玻璃厂打过几年零工，1993 年下岗后据说去了南方，没了消息。

趁着玻璃厂办公区还没开拆，我和江宁带队突击在办公室找一下午，虽然没找到魏永革任何档案，但幸运地从一个全是灰的抽屉里找到了魏永革当年的工作证，工作证上有张黑白一寸照，照片上的年轻人五官清秀、风华正茂，左眉上有道明显的疤。

一个叫孔定国的原红星厂工人为我们提供了一条至关重要的线索，他下岗前在保卫科工作，和周浩森是同事，现已随子女在上海定居，这次是为葬礼特意回的迷雾河，悼词也是他念的。他拿着死者照片端详好一阵，先说不认识，又看半天，说，隐约感觉像一个人。

我问，什么人？孔说，我不知道叫什么，这事说了可能帮不上什么忙，没准还会误导你们。我给他递烟，请他不必担心，有什么尽管说。

据孔定国回忆，80年代严打期间，他和周浩森曾经抓住过一个来厂里偷东西的年轻人，十七八岁，脸型和死者很像。他点上烟，说，那孩子跑得特别快，翻铁门摔了，我和老周才抓住，看他满脸血，先带去医务室处理完伤口，才绑起来。那天厂里电话坏了，老周说他看着，让我去派出所叫人，等我把民警带回去，老周晕在地上，那人已经跑了，老周说小偷趁他不注意，解开绳子，从后面给了他一闷棍。

我把魏永革的工作证给他看，他戴上老花镜，边看边点头，说，对，对，是他。

孔定国说，那年轻人穿得破破烂烂，看上去蛮可怜，其实我一直怀疑人是老周故意放的，不然给警察带走，后果应该蛮严重，你们也不是不清楚，严打那两年，大街上抢顶帽子都可能挨枪子儿。

江宁说，还记得那件事的具体时间吗？孔定国皱着眉头想了想，说，1985年，夏天，厂子已经停工了，平时只有我们保卫科值班，我记得那天下午天就黑得厉害，雨下很大。对了，他又说，那天好像是他女儿生日，老周本来还说早点下班给孩子过生日。

这话让我喉头一紧。

17

很多东西似乎串到了一起，会上江宁捋了捋白骨案已掌握的线索。江宁说，显然周浩森认识魏永革，为什么说谎，很可能他以为我们在调查魏永革，而且他清楚，魏永革和黄宗云的死有脱不开的关系。

我问，魏永革为什么去找周浩森，目的是什么？江宁说，敲诈勒索。

接着江宁大胆地提出这样一种假设：魏永革年轻时盗窃红星厂曾被周浩森抓住，周浩森同情他是个孤儿，放了他一马，魏永革一直感激在心。后来魏永革在玻璃厂打零工，无意中发现了黄宗云囤赃之处，推测可能藏有巨款，1993年他下岗，没了活路，便萌生歹意，苦于无法独自实施。这时周浩森已经出狱去了广州，魏永革知道他和黄宗云的恩怨，便找到周浩森，提出抢劫设想，周浩森状况窘迫，很渴望在南方闯出一片天地，于是潜回迷雾河，和魏永革共同策划实施了二十三年前的那起抢劫杀人案，周浩森不仅报了冤狱之仇，也如愿得到第一桶金。

小郑问，如果真是这样，魏永革在这个节骨眼儿上死了，会不会有什么猫腻啊？江宁说，问得好，这就是我们下阶段的侦查方向。

会开完已是深夜，江宁非要请我吃夜宵，我说，眼睛那么红还宵夜？他说，透透气，不然也睡不着。天有些沉闷，像要下大雨，街上没什么人，我们去了东门码头，夜市冷冷清清。我说没胃口，江宁点两个凉菜，一瓶白酒。

对了，江宁说，森林之子不会烂尾了。我看着他。江宁干了一杯说，有家上市公司入股，公告都出了，酒你也不喝吗？

江宁点上烟，说，找你主要还是想聊聊案子。我看着他。江宁说，我会上那个假设，你觉得怎么样？我说，周浩森和魏永革共同作案，不排除这种可能，但现在两个嫌疑人都没了，还能怎么查？

江宁说，如果我认为魏永革是被谋杀的呢？我说，你指周浩森？动机呢？江宁望着烧烤摊闪烁的招牌，说，1993年两人杀了黄宗云，分掉那笔钱，约定从此再不相见。若干年后，周浩森成了地产商，生意越做越大，魏永革黄赌毒一样不落，尤其是毒品，把他彻底变成个废人，他三番五次勒索周浩森，得知周浩森开发森林之子这个重量级楼盘，魏永革格外眼红，干脆来了个狮子大开口，不巧的是周浩森资金链断裂，一时拿不出这么多钱，魏永革知道周浩森时日无几，生怕夜长梦多，更加步步紧逼，追到迷雾河，想敲这最后一笔，威胁周浩森如果不按时给这笔钱，就揭发他们当年的事。周浩森实在没办法，为了维护家族和企业声誉，只能灭口，他了解魏永革的弱点，于是雇了凶手，伪造成吸毒过量。

我想了想，说，有个问题要解释清楚才说得通。他说，什么？

我说，魏永革是怎么被杀的？省里二次尸检也没查出任何问题。江宁说，和当年抢劫黄宗云手法一样，同一种迷药，先麻醉，再注射冰毒针剂。我说，问题就在这儿，如果还是找不出迷药呢？

江宁灭了烟，从搁椅子上的公文包里拿出一份材料，说，这案子我专门咨询了母校几位老师，他们今天给我反馈了一个类似案例。

江宁给我介绍了一个 70 年代发生在美国的离奇毒杀案。美国一个内陆小镇有个家庭妇女，用一种不为人知的海蛞蝓毒杀了小时候曾经性侵过自己的所有人。她把海蛞蝓掺进食物里，给受害者吃掉，毒素引发急性胰腺炎导致受害者死亡，警方也知道死者生前均吃过她的食物，但尸检无法检出未知毒素，就是拿不出半点证据对她进行定罪。直到十多年后，科学家掌握了这种海蛞蝓的毒性，案件才得以侦破。

江宁问我，你猜这案子线索是怎么找到的？我看着他。他说，后来接手案件的警探另辟蹊径，对嫌疑人的人生轨迹进行了细致调查，了解到她年轻时曾在英国一艘科考船上做过两年帮厨，于是前往英国寻访当年的船员，得知在她工作期间，有个船员误食了一种海蛞蝓导致死亡，从头到尾随船医生都诊断成急性胰腺炎。

江宁收起材料，说，我们要找的迷药，很可能和那种海蛞蝓一样。你信不信，我有种预感，只要我们找到红发女，这个案子，还有二十三年前那个谜案，就能真相大白。

我看着他，他说，其实我重点不是想讲这个，你真不喝点？说完自己又干一杯，边倒酒边说，如果售楼处经理，还有赵秘书的话是真的，魏永革这次来迷雾河，确实没见到周浩森。

我端起他那杯酒，一口干了。

他望着迷雾重重的河面，接着说，那么周浩森过去那件事，周炎可能已经知道了。

18

周炎出差一个多月，周五回到迷雾河，给我打电话，说奶奶接走了唯唯，她落了单，问我周末想不想钓鱼，我说要不爬山吧，她欣然答应。

第二天我们去了城郊的凤凰山，小时候周浩森常带她去那儿摘野果，周炎穿了身运动装，看上去心情不错，她走在我前面，摘了好多野果。

周炎说自己好像真有大山的基因，一进森林感觉像回到家一样，自由自在。我说，人不是猴子变的吗，森林才是人类老家。

一棵大栗树下，裸露着一片灰白的土，周炎说，还记得这个吗？我说，高岭土，做陶瓷最好的材料，小时候我们当橡皮泥玩。她问，你知道为什么又叫观音土？我说，三年自然灾害，有人实在饿得不行，吃这个活了下来。周炎说，说起来，我们家族确实在被森林庇佑，周炎摘下一串拐枣递给我，说，三年自然灾害，我爸还小，得了浮肿病，差点饿死，周围野菜早挖完了，我爷爷只能去一般人不敢去的深山老林，结果碰到一头老虎，正在吃獐子，我爷爷不仅没害怕，还提着锄头和老虎对峙，结果老虎真的丢下獐子，转身走了，我爷爷带着老虎吃剩一半的獐子回家，我爸这才过了鬼门关，怎么样，是不是不可思议？

　　我说，你爸也挺不可思议。周炎说，怎么呢？我说，这段时间我听了不少关于他的故事，真真假假，说什么的都有，他像个谜。周炎说，是不是还说他发财之后三妻四妾女人无数？我说，难道不是？周炎看着我，笑起来，是那种轻松的笑，她继续往前走，说，给你讲个故事吧。我说，好。

　　周炎说，七六年粉碎"四人帮"，之后恢复了高考，以我爸的成绩，考个外省名牌大学应该不难，那时候他爱上了邻镇一个农村姑娘，就是我妈，为了长相厮守，我爸毫不犹豫放弃了高考机会。他们很快结了婚，我妈老家在双河镇，结婚后按习俗要回门七天，女婿不能跟着去，我妈走的第二天，我爸想她了，借来一辆自行车，从迷雾河骑到双河，他不想坏了规矩去外婆家找她，就在镇上等，心想，只要我妈来赶场，就可以见到了。他从早等到晚，等啊等，没等到，只好骑车回来，第二天一早再去，第三天下午，我妈去赶场，看见我爸，又惊又喜，问完情况，一下哭出来，整条街的人都看着他俩。

　　我说，我爸要是有周叔一半浪漫就好了。周炎说，也许他们浪漫过，只是你不知道呢。我说，但愿吧。周炎说，这事也是我爸生病了和我说的，我才发现我其实不怎么了解他。

我说，你们刚去深圳那两年，一定很难吧。周炎说，我爸坐过牢，也没一技之长，找不到工作，只能当小摊小贩，什么挣钱卖什么，我就在旁边看书，城管来了我爸拉着我一起跑，现在想想，也挺有意思。

我说，后来呢？周炎说，我爸能吃苦，也有想法，生活慢慢好了点，机缘巧合接触到建材生意，之后做起了房地产。我说，现在最火的就是房地产，全国人民都在给你们打工。她说，创业很难，他工作起来不要命，每天应酬，没少喝酒，病根儿也是那时候落下的。

我说，你们是哪年回来的？周炎说，2011年吧。我说，其间回来过么？周炎摇头。我说，在沿海发展不是更好，为什么还回来？周炎笑了笑，没回答。

不知不觉我们到了山顶，那里视野开阔，几乎可以看到市区全貌，迷雾河穿流而过，仿佛城镇动脉。

我指着远处一个亮晶晶的地方说，你看，观音湖。她说，从这儿看过去可真小。我说，观音湖白骨案不知道你有没有听说？周炎说，知道。我说，死者是以前红星厂厂长黄宗云。周炎说，嗯，听说了。我说，你知道周叔当年入狱是黄宗云陷害的吗？周炎说，后来知道。我说，我不瞒你，很多人在传这案子和周叔有关系，作为你的，我顿了顿，说，好朋友，我想开诚布公和你聊聊。周炎看看我，说，所以你问我那些问题？

我说，有人说，他买红星厂那块地，其实是为了观音湖，他想填湖造地，一直在申请。周炎笑笑，说，如果政府批了，现在迷雾河就会有一条漂亮的水上步行街。我说，有人说那才是他回迷雾河的真正目的。周炎说，什么目的？你可以直说。我说，费那么大力气回来，买下当年下岗工厂建楼盘，难道只是为了面子？

她转头看着我，像看个陌生人，过了好一会说，红星厂那块地你很清楚，那样的环境建联排别墅一定更挣钱，你知道为什么我爸要建成现在这样？我说，为什么？她说，为了普通人也可以享受好环境。她接着说，森林之子资金出问题那阵，我一开始坚决主张把项目卖掉，这你知道。

你一定想问，我爸是怎么说服我的，对吧？周炎说。我没说话。她看着我，说，这些事我爸不让和别人说，尤其是你。

我看着她，不明就里，周炎望向远处，说，我们周家祖辈世代都是农民，明朝末年为躲避战乱，逃进深山，无意中来到云梦湖畔，从此有了土地和产业，家族枝繁叶茂，生生不息，祖上感恩森林庇护，自称这一脉为森林之子，到曾祖父这一代，建宗祠，办私塾，成了云梦湖一带颇有声望的家族，我爷爷读过不少书，思想开明，受人尊敬，我爸和他感情很深，但爷爷在"文革"期间被打成现行反革命，自杀了，到现在我们都不知道他埋在哪儿。

我说，为什么周叔不让告诉我？周炎沉默一会儿，说，我爷爷的死跟你爷爷大概有点关系，这你知道吗？我愣了片刻，问，什么关系？周炎说，你不知道？

我爷爷叫吴正坤，在我五岁就去世了，在我印象里他是个心慈面善的老头子，我也从没听家里人提起过这件事。

算了，都过去了，周炎说。

我还想问什么，周炎说，我累了，回去吧。说完转身往山下走。我跟在她后面，紧走慢走，就是跟不上，我大声说，那个吸毒死的叫魏永革，和黄宗云的死有牵连，他去红星厂偷东西被抓，你爸放了他，那天我去见你爸，他说不认识，如果你知道什么，你告诉我，我……

她继续往前走，离我越来越远，直到听见我大叫一声，才回过头来，我只感觉右小腿上被叉子猛戳了一下，一阵剧痛，低头一看，一条绿色细蛇很快消失在树丛中。

我给周炎描述蛇的样子，她一听变了脸色，是竹叶青，连忙解下鞋带，绑在伤口上方，又用泉水帮我冲洗伤口，扶起我往山下走。

我们入林太深，回到路边，伤口已经发黑，小腿肿得很粗，痛得厉害，仿佛刀绞，我浑身发冷，有些恍惚，周炎不停给我鼓劲，让我坚持。车一路打着双闪，开得飞快，我只觉得眩晕恶心，迷迷糊糊听见周炎打电话到处找血清。

到医院时我几乎失去了意识，只听见医生对周炎说了句，幸亏来得及时，不然可能有生命危险。输液时，周炎一直陪在我身边，我紧紧握着她的手，像是回到了小时候。

我昏昏沉沉睡过去，梦见童年的我和周炎遭一群妖怪追，我拉着她手拼命跑，被堵在巷子里，危急关头我朝它们开枪，却只是滋出水。醒来出了一大通汗，睁开眼，江宁正看着我。

我问，周炎呢？江宁说，她把我叫来就走了，你感觉怎么样？我说，还行，有点晕。

之后两天，周炎没来医院，第三天我恢复得差不多了，办了出院，在家休养。

那几天我想了许多，过去，现在，还有以后，但脑子很乱，什么也没想明白，我觉得自己很不了解周炎，或者说，我根本不了解到底是什么隔在我们中间。我给江宁发消息，说周浩森有本自传，要他不管用什么办法，帮我搞到。

19

第二天，江宁给我拿来了那本《森林之子》——周浩森自传。

我花了两天逐字逐句看完书，除了第一桶金一笔带过外，周浩森的一生写得十分详尽。

周浩森从小心比天高，聪明勤奋，学习一直名列前茅，但由于父亲是"右派"，自己属于"黑五类"，从小低人一等，成绩再好也不让考大学，不准参军，只能下乡当知青接受贫下中农再教育。回城后终于参加工作，虽是人人避之不及的红星厂，他依然珍惜这个自食其力的机会，可好景不长，几年后他下岗，又遭陷害入狱，成了劳改犯，简单来说，他前半生受尽歧视，看不到一丝希望。他在书中吐露了为何多年来不和老朋友联系，他希望和屈辱的历史彻底决裂。

书中不少内容和我家有关，周炎的爷爷周鹤卿和我爷爷吴正坤是多年邻居、好友，周浩森和吴志戎从小一起长大，曾经亲如兄弟。我也在他一段童年回忆中了解了我和周炎祖辈的恩怨，相应章节原文摘录如下：

我父亲周鹤卿是独子，在省城上过大学，后成为迷雾河一中语文老师，他对迷雾河地区文化十分痴迷。迷雾河一带原属古雾国，曾有一本古书名为《雾书》，记录了从宇宙形成天地初现再到人类诞生的传说，是一部人类创世史诗，古书手卷后在战火中流失，父亲偶然发现其内容一直通过歌谣在乡村口口相传，多年来致力于收集和整理这些歌谣，希望还原《雾书》，传于后世。

小时候我父亲经常给我和吴志戎讲《雾书》，吴正坤是火柴厂工人，没受过什么正规教育，对《雾书》却很感兴趣，多次陪同父亲下乡采风，常与父亲彻夜讨论。

1958年父亲被打成"右派"，那是我家命运的转折点，我们从此只能夹起尾巴做人，不仅如此，基本生存也成了问题。父亲失去工作，粮食分不下来，亲戚朋友对我家避而远之不敢接济，只有吴正坤，隔三差五偷偷往我家送米送面，我们一家才不至于饿肚子。

次年父亲下放到农村老家，我们家在云梦湖畔度过了艰难的三年自然灾害，1962年，父亲摘帽，同年回到一中继续任教，我们家搬回城里，生活略有好转。仅过了四年，1966年，我13岁，"文革"开始，因祖父周济源是地主，父亲被划为"走资派"。

那时红卫兵任务之一，是收集那些"问题"老师反动言行，作为他们反革命的证据。我父亲经历过"反右"，深知其中利害，为了保护全家老小，家里书籍日记该烧的早都烧了。当时《雾书》行将完成，他付出了常人难以想象的心血，但父亲知道，《雾书》必定是红卫兵们最希望抄获的"毒草"，一旦抄获，不仅会累及妻儿，吴正坤一家也难逃干系，母亲和吴正坤苦苦劝阻，他还是付之一炬。

父亲唯一没烧的，是在省城读书时期跟我祖父母的数十封书信，多年来一直小心珍藏。父亲把这些信件混入樟脑粉末，用油纸包住，托吴正坤帮忙保管，吴正坤将其藏于内屋房梁之上。吴正坤是工人，父辈贫农，出身好，书信藏在他家万无一失。

由于父亲准备充分，红卫兵们多次抄家都没找到把柄，开始几次批斗顺利躲了过去。

第二年，形势出现变化，斗争加剧，我父亲被划成一中头号"走资派"。六月中旬县里要举行一次大规模的批斗会，上头下了死命令，要求必须在这次批斗大会上将父亲彻底打倒，于是红卫兵们发动群众检举我父亲，威胁掌握周鹤卿罪证不交者，一律按现行反革命处理。

不久全县批斗大会如期举行，会场设在迷雾河一中正对河滩的操场上，几天前红卫兵便大肆宣传已经掌握了我父亲的反革命罪证。前夜我患了重感冒，只能待在家中由母亲照顾，据现场亲历者说，那天太阳毒辣，群众把操场挤得水泄不通，四周贴满了斗争标语，人们高举手臂，口号一浪高过一浪。

一中二号"走资派"，那位女校长在台上受了长久的侮辱和拳脚，据说抬下来没多久便咽了气。

轮到我父亲，红卫兵们气势汹汹把他押上台，拿出那几封家书，从中东拼西凑了"执剑向北方"几个字作为他的"罪证"。

父亲生死关头，炎炎烈日的天空突然乌云密布，电闪雷鸣，下起瓢泼大雨，雷声之大，雨势之猛，前所未见，红卫兵头子正在兴头上，本不愿收手，无奈雷雨声压过了所有口号，只得宣布批斗明天继续。

"那场大雨只是暂时救了父亲一命。"自传里如此写道，"第二天我听见母亲哭声醒来，父亲已经自杀于家中，当天街上铺天盖地贴满大字报：反革命周鹤卿自绝于人民！自此以后，我与母亲的生活更加艰难。"

在他另一段描述里，"父亲衣帽整洁，面色红润，端坐在椅子上，眼睛紧闭，仿佛只是睡着一般。'爷爷也是这么死的。'我跟母亲回忆起一件往事，父亲曾和我说过多年前在另一次运动中不堪受辱自杀的祖父，他的往生也极为体面、安详，这使得我和母亲心里一时竟不那么难受了。"

我反复阅读这段话，回想起周浩森葬礼，瞻仰仪容时，他也如书中描述那般神态平静，看不出一点遭罪的样子，我见过不少癌症患者离世的面容，没有一个是那样的。

20

我请了病假，在永义档案局和图书馆待了半个月，研究迷雾河地方志，查阅那个年代的报纸杂志。有件事我始终想不通，我爷爷交出周鹤卿家书动机究竟是什么？如果担心书信被发现连累妻儿，为何不直接烧掉？

终于，我在周鹤卿自杀次月的一份青年报上，找到了一则关于此事的新闻，新闻还介绍了几名因检举反革命有功受到表彰的人员，让我始料未及的是，上面没有提及我爷爷吴正坤，我父亲吴志戎的名字却赫然在列。

我去了吴志戎家，他看到那张报纸，默默进了房间，出来时，拿着一个泛黄的档案袋。

第二天，我拎上两瓶有年头的迷雾河，坐红眼航班去了北京。

报社朋友帮忙，我找到了那位叫韦宇恒的小说家，《森林之子》由他执笔及润色完成，韦宇恒出过两本小说集，不温不火。

韦宇恒不愿见我，推说没时间，我说和警察身份没关系，只因看过周浩森自传，想厘清两个家族一些恩怨，希望寻求他的帮助。

中午下起了大雨，在旅馆等到傍晚，他发来地址。

韦宇恒稍长我几岁，东北人，个子不高，看起来像南方人。他住在使馆街旁一个老旧小区，一室一厅，客厅摆满了书。我敲门时他正披着外套坐在书桌前，对着窗外那棵法国梧桐一边抽烟一边写作，他大概已经纹丝不动坐了一整天，烟灰缸里插满了烟头，一路之隔，是那条北京著名酒吧街。

我说请他吃饭，问附近有没有好点的馆子。他说，这天气适合涮锅子，门口有家，味道不错。

我们挑了个靠窗桌，雨更大了，玻璃上一道道水痕划过，只能看到朦胧的霓虹。

韦宇恒说话动作比一般人慢半拍，不笨拙，而是从容。这酒不错，我挺爱喝，据说只有迷雾河的水才能酿出这个劲儿，是吧？他说，又问我口音为什么隐约有股东北味儿。我说我刑警学院的，在沈阳待过四年。他哦了一声，说，你们学校离我老家不远，附近有个湖你知道吧，我小时候常去那儿滑野冰。我说，丁香湖？他说，对，丁香湖，那时候还是条臭水沟，好多年没去了，听他们说现在环境整挺好，周围房子还不便宜。我说，我们那儿也有个湖，现在弄得很漂亮。他说，观音湖？我说，是。他看着我，说，是不是每个地方都有这么个湖，你完全不知道它曾经是个啥样？

酒过三巡，我放下筷子，掏出烟，给他递一支，示意帮他点火。这儿有，他拿出火机说，给自己点上。我说，挺羡慕你们作家，守着一方小屋，拥有广阔世界，不像我们，终日奔波，这个案子还没破，下个案子又等着，没个头儿。他说，杀人放火金腰带，你们工作对世界挺重要。我说，世界光靠警察弄不好，最后还得靠你们。他吐出一口烟，说，兄弟别高抬我，要我说，谁他妈都靠不住，你见现在有几个爱看书？

再喝几杯，我提起那本自传，韦宇恒和我说周浩森是怎么找到他的，周浩森有了写传记的想法，让助理给他找来一批当代小说，无意中翻到韦宇恒一篇，写的是当年他父母下岗后艰难谋生那段真实经历，周浩森看完把书交给助理说，就他了。

韦宇恒说，答应周浩森之前，他请我去了迷雾河一趟，我从没写过传记，也不打算写，之前有人给介绍，钱不少，我一概拒绝，不是我清高，跟钱有仇，主要是我们这一行，写了没劲的东西，字就很难再有劲了，你懂吧。我看着他，他接着说，但周浩森故事有打动我的地方，可以说很深，他也坦诚，把我当朋友对待。我问，你们聊得多吗？他说，那段时间我们朝夕相处，方方面面确实聊了不少。我说，他第一桶金是怎么赚的，有没有聊过？韦宇恒摇摇头，说，这种事不太可能告诉别人。不过，就算我知道内情也不能和你说，职业道德。我说，只怕有些内情，连周浩森都不知道。

韦宇恒把烟往烟灰缸里杵了，看着我。我说，周浩森父亲周鹤卿"文革"时自杀，这事和我们家有直接关系。

韦宇恒想了想说，你爷爷叫吴正坤对吧，我记得，据说当年他把周鹤卿托他收藏的家书交了上去，结果这些信成了周鹤卿反革命罪证。周浩森说他曾经恨过你们吴家很久。我说，换成谁，能不恨一辈子？不过这事和我爷爷没关系，当年我爷爷虽然害怕连累家人，但始终没出卖过周家。

韦宇恒不解地看着我。我说，是我爸，那年14岁，上初一，学校最积极的红小兵，那天他回家，碰巧看见他们把信藏到房梁。

韦宇恒过了许久问，为什么要和我说这个？我说，因为我是警察，你是作家，找出真相是我们的责任。

韦宇恒说，这件事后来周浩森放下了，他父亲在遗书里叮嘱过："家书之事不要追究，切不可报复，凡是人，皆可能犯错，向前走，往远看，不可仇恨。"

我看着他，什么话也说不出来。

他端起酒杯，说，周鹤卿老先生气度境界，我等只能望其项背。

我连喝几杯酒，想了半天，说，除此之外，我这趟来，还有个问题想问你。

韦宇恒说，你问吧，能说的一定说，不能说的，我很遗憾。

我说，传记上写，周鹤卿老先生虽是自杀，死得却很体面，衣帽整洁，面容安详，仿佛只是静静睡去，他父亲周济源老先生也是如此死法。韦宇恒倒上酒，说，那个年代，能这样离开对家人来说无疑是莫大的安慰。如果不能体面地活着，至少还能体面地死去。

我说，我查过地方志，包括"文革"在内，各次运动期间，迷雾河自杀的不在少数，多是投河或自缢，即便整个西南地区，都没见过这种体面死法。韦宇恒看着我，问，你想说什么？我说，他们是怎么自杀的？韦宇恒说，你是警察，你怎么看？我说，毒药。但一般毒药吃了只会七窍流血，形状恐怖，所以是一种体面的毒药。韦宇恒听了点点头，放下筷子，说，不瞒你说，我姥爷"文革"期间就是吃老鼠药死的，所以我当时也有这个疑问，周浩森没瞒我，只是没让往上写。

我看着他，不知为何，竟没追问。

韦宇恒倒上酒，说，既然聊到这儿了，这事儿对周家名誉也没什么不好，我可以告诉你。他再喝一杯，火锅隔在我们中间，腾起的水汽让我有些看不清他脸。

韦宇恒说，你看过周浩森的自传，应该知道里面提过一本《雾书》，记载了古雾国早已失传的神话故事，说起那本《雾书》，实在可惜，什么都烧了。

你肯定听过那个山妖的传说吧？他看着我，说，也是书里流传最广的。

韦宇恒接着说，周浩森告诉我，他们家族祖祖辈辈生活在迷雾河大山深处，不知哪代先祖在山里发现一种奇特的植物。他领我看过，形状很特别，一花两叶，开出的花像一条吐着芯子的眼镜蛇，两片叶子却像一对天使翅膀。周浩森说这种植物茎干汁液提纯后，会形成无色无味结晶，极具麻醉性，祖上原先将其涂在箭头，用于打猎，后来无意中发现人服用过量也能导致死亡，状态接近于心脏骤停，没有创伤，不会痛苦。因这种植物是迷雾河地区特有，茎干汁液又翠绿鲜艳，犹如神话传说中的山妖之血，祖上便称其为"绿血"。他还说不担心自己的病痛，等吗啡不起效了，就用它让自己平静离开。

后面的话，我一句也没再听进去。

21

我从没喝过那么多酒，不知道怎么回的旅馆，我关了手机，在房间里昏睡两天，分不清白天黑夜，直到江宁打旅馆电话找到我。赶紧回来，他说，红发女有线索了。

回到局里，江宁召集大家开会，小郑通报案件最新进展。前两天永义警方在夜总会扫黄，抓了几个皮条客，其中一个叫常凯的反映手下有个女孩，那几天说自己遇到了个出手很大方的客人，之后女孩就消失了，怎么也联系不上，说他担心对方安全，希望警察帮忙寻找。

小郑说，我们给他看旅馆监控，他一下认出来了，女孩叫黄丽，外省人，据这个常凯讲，他和黄丽好过，最后在黄丽住处见她那次，黄丽打扮和红发女完全一致。

会上，局领导要求动用一切手段，务必找到黄丽。

会后，江宁找到我，说，事情有些变化，周浩森死了，按理说这案子再查下去也没什么意义，我只怕，还有其他人牵扯进来。我看着他。江宁点了支烟，说，都是兄弟，就不兜圈子了，这案子需要你回避一下。

　　第二天，我调到一个抓捕小组，案子是市局牵头负责的一起跨省贩毒案，几个从犯已先后抓获，只差主犯没归案，主犯叫曹季勇，曾在迷雾河矿场干过两年，最新情报显示他在广州城中村还有个秘密窝点，近期可能前往躲藏，当天下午，我带着小郑几人去了广州。

　　深夜，到了旅馆，分配完任务后各自回房休息，我给周炎打电话，还是没接，发信息，说想和她聊聊，没回，临睡前又发了一条，我说，还记得以前你给我讲的那个故事吗？山妖修炼千年终成人形，即使善良，还是因为绿色的血被人们杀死。

　　很快，周炎回了信息，有的人不是山妖，却流着绿色的血。

　　我说，人一辈子，怎么可能不流血呢？

　　她说，希望从她开始，可以变成红色。

　　我电话打过去，没接，再打，关机了。

　　之后几天，我带队在番禺一个城中村蹲点。曹季勇手上有过人命，早已是亡命之徒，我们荷枪实弹，每天坐在车里，守着嫌犯窝点，蹲点的人两班倒，二十四小时不间断，吃饭就在旁边云吞面馆解决，面馆外头有两张桌子，边吃还能边盯对面动静。

第十二天中午，没想到我们在面馆和曹季勇狭路相逢。曹季勇在屋里听老板说门口几个外地人挺奇怪，住在车里，天天来吃，出来碰见我们，夺路而逃，我们紧追不舍，城中村道路交错，差点让他逃脱，最后曹季勇被我和小郑堵在院子里，他拿把匕首，挟持了一个洗衣服的女孩，我鸣枪示警不起作用，他要我们把枪扔给他，否则就杀死人质，匕首闪着寒光，已经在女孩脖子上割了一道口子，女孩胸前衣服染红一片。从警多年，我经历过不少凶险抓捕，从没遇到过这样危急的场面，小郑看看我，慢慢放下枪，曹季勇见我没动，猛地扯开衣服，腰上缠着一排土制炸药。他一手控制女孩，一手从兜里掏出遥控器，高高举起，让我们在他数完三个数之前把枪扔过去，否则大家一起死。院里住着好几户人家，一旦爆炸，后果不堪设想，瞬间我脑海闪过无数可能，他喊到二，我扣了扳机，子弹正中眉心，凶犯应声倒地，女孩也瘫倒在一边，小便失了禁。

下午开会时，接到江宁电话。江宁说，有个事，你要做好心理准备。我没说话。江宁说，回来一趟吧。

22

我连夜往迷雾河赶，凌晨到永义，起了大雾，几乎只能看清车头，高速封闭，我只能走那条沿河公路。

那是我见过最大的一场雾，雾气沉重，笼罩天地，漫长的时刻，世界混沌不堪，仿佛只有自己，艰难穿行，但我知道，那条河就算完全看不见，也永远在你身旁。

晚上，我在殡仪馆见到了周炎。她躺在白色花丛中，衣着整洁，神态平静，像睡着一样。江宁说，我们下午去周炎家，她靠在沙发上，呼吸没了，医生判断是心脏骤停，属于意外，赵秘书说周炎有心脏问题，一直在吃药。

江宁上外头抽烟，不让人进来打扰，我知道，他是想让我和周炎最后再待一会儿。

回去路上，江宁开车，大雨倾盆，我望着窗外，听不见雨声。

到我住处后，江宁从包里拿出那个铁皮饼干盒，说，周炎家什么也没发现，只找到这个，我看上面刻着你名字。

回到家，我打开饼干盒，纸卷整整齐齐码放在里面。我一个一个打开，一幅一幅看那些蜡笔画，想起小时候一幕幕，一会儿笑，一会儿难受得不行。我看到盒子底有个更大的纸卷，上面系着一条崭新的丝带。

我解开丝带，把画展开，那是一幅我从没见过的蜡笔画，上面画着两个小孩的背影，小女孩背着书包，戴顶旧军帽，小男孩也背着书包，头顶一口双耳锅，两人手牵手，在一条河边公路上走着，蓝色天空写着几个字：再见了，小川。

我再没忍住，哭了出来。

办完周炎的葬礼，我向局里提了辞职。

离开迷雾河那天，江宁给我打电话，说要来送我，我没答应，他让我别挂，说有件事情他想了半天，还是希望我知道。

他告诉我，前两天，黄丽找到了，据黄丽说，衣服、假发都是客人给的，客人给了她魏永革的照片，要她八点左右进魏永革房间，九点半前必须离开，并留下手包，去前台问房号也是客人教的，她离开房间时魏永革没有异样。黄丽还说，客人她没见过，跟她打电话用了变声器。

江宁说，如果黄丽供词属实，魏永革真是他杀的话，那么，当晚九点半到十点，必有第三人进过房间。

他接着说，那天我试了一次，从美术馆到案发旅馆，不走市区，走那条刚开通，看似绕远的环城新路，只用了不到一刻钟。

我说，现在你说这些，又有什么意义呢。

是啊，过了一会儿江宁说，或许真的有些案子，不破，会更好吧。

我去了洱海边那处老宅，老宅空了多年，破损严重，我每天修缮房屋，整理院子。即便如此，每晚借助酒精才能入眠。

我时常做同一个梦，梦见自己驾着一叶孤舟，穿行在雾气森森的迷雾河上，看到的全是一些光怪陆离难以名状的惊悚景象。我总是深夜从噩梦中醒来。

23

半年后，江宁结婚，我回了迷雾河。他们在云梦湖大酒店举行了露天婚礼，双方父母都满意，一片喜庆祥和。森林之子二期已经封顶，可以预见未来这里将成为一个可以容纳更多幸福的地方。

晚上，我去了吴志戒家。我给他带了些白玫瑰种子，还给那只小狗买了几根火腿肠，我问狗叫什么名字，我爸说，无悔。这回它没像以前那样冲我叫。

周炎生日那天，我去学校接上唯唯，买了花和蛋糕，还有周炎最爱吃的橘子罐头，在她墓前给她过了生日。墓地四周种满了花草，有人定期修剪，漂亮整齐，位置是我选的，视野极佳，可以看到迷雾河最美的一段。唯唯依然沉默寡言，离开时，拉住了我的手。

在河神吃过午饭，我把唯唯送回学校。回迷雾河我没走高速，车行驶在景色宜人的旅游公路上，我看见河水再次变成了红色。

经过迷雾河大桥遇到一个插着彩旗的北京房车队伍，有些堵，河里一艘观光船逆流正往大桥驶来，河水湍急，但船前进得毫不费力，甲板上一群孩子朝房车队伍招手，呼喊，房车里的人也跟孩子们挥手，问好，我耳边传来一个遥远又熟悉的声音。

那声音如此真实，我立刻调转车头，朝她指引的方向开去。

我沿迷雾河一直开，深夜，到了云南一个叫过客的小镇，第二天一早，在当地人指引下，我跟着一条狭窄的乡村公路进了山，旁边小溪时隐时现，我来到一个幽深山谷。

下了车，我顺着小路往山里步行而去，森林静谧，遮蔽了所有喧嚣。跨过一座木桥，听到潺潺水声，溪流和我再次相遇，聚成水潭，溪水冷冽，我手捧着洗脸，又喝了几口，心里顿时平静许多。

晨雾萦绕山林，一只鹰在高空鸣叫，盘旋。穿过那片密林，看见一股山泉，泉水从山顶高高落下，砸在岩石上，水花飞溅，发出悦耳的声音。

那股山泉就是迷雾河源头，它挂在山间，清澈明亮，毫无气势可言，柔弱到如同万物初始，使人亲近。但我知道，它会和雨露甘泉聚在一起，裹挟泥沙土壤枯枝败叶，也将经过岩层过滤时间沉淀，变成和现在完全不同的样子。

每条河流都是如此，它们狭窄开阔，蜿蜒曲折，涂炭生灵也滋养万物，永不止步，一路奔流，最终汇入大海。

干燥剂

　　她忽然放下书，问我以后会不会写"献给李星"，我有点没反应过来，注意力全在电视上。

　　"像这样。"她把书翻到扉页，递过来，上面写着，"献给索尼娅·伊丽莎白·莱文。"

　　"写不写都行。"我说。

　　"如果我要你写呢？"她看着我。

　　"那就写。"

　　"写什么？"

　　"按你说的。"

　　"昨天新写了首诗，"她说，"要不要念给你听？"

　　她拿出那个专门写诗的笔记本，翻到一页，念了起来，诗的名字叫《萨摩耶》，说的是前天傍晚她和一只萨摩耶交上朋友的事。

　　"我最喜欢第二句。"我说。

"我也最喜欢这句！"她看着我。

"英雄所见略同。"

她在我脸上亲了一口，又赖我怀里撒娇。

"今天额度已经用了。"我说。

她看着我。

"啊，窗户没关。"她揪我胳膊一下，生疼。

我点了支烟，继续看《荒野求生》，这一季主角是一个叫埃德的男人，要完成一个不可能任务，不带任何东西，在太平洋一个无人荒岛生存六十天。

甚至连衣服也不能带，一丝不挂地下了船，上岛第一件事是用树叶做了条裙子。一下午他都在收集椰子作为淡水来源，晚饭吃了条壁虎，在山洞里睡了第一晚。

"我发现你最近很喜欢看这个。"李星关了窗回来，挨着我一起看。

"瞎看。"我说，"也没啥好电视。"

第三天埃德开始钻木取火，忙活一上午，连个小火星也没弄出来，又饥又渴，只得放弃，继续爬树摘椰子。一连六天他都没能生火，每顿只能吃生的海蜗牛。

"真佩服他，"李星说，"一个人在荒岛活两个月。"

"你觉得他真能坚持那么久？"我说，"没任何外界帮助。"

"为什么不能？"

"我看悬。"我说，"他至少该带个打火机，没火什么都不好办。"

"要是我一个人，什么也不让带，最多只能活三天。"李星说。

"我应该十天以上。"我说，"十五天吧，再多就够呛了。"

"十五天？"她笑了笑，拿过刚才那本书，"要是不带烟，我看你一天都活不了。"

"如果允许你带东西，只让带一件，你带什么？"我盯着她手里的书。

"当然是你。"她依然看着书，"我要把你带着。"

"想得倒美。"

"能把烟戒了吗，"她看着我，"刚开始跟我说为了帮助思考，找灵感，现在呢？我都多久没见你动笔了。"

"最后一根。"我说。

十二点，我提醒她该睡了，明天是星期天，李星得工作。她在一家保险代理公司做电话销售，这是她第一份销售工作，她说不管多难，至少坚持一年。

一周有六天她都坐在带格子的办公室，穿着统一工装，和若干跟她年龄相仿的女孩一起，开始前先喊一些诸如"有志者事竟成"的口号，之后戴上耳机和话筒，照着从电讯公司买来的VIP号码挨个打。

电话通了，做个简短自我介绍，接着询问对方是否希望未来生活能得到更好保障，通常没人回答不希望，这时她便开始向对方介绍产品。

多数时候对方不会接电话，或者还没听完自我介绍就挂了。

她休息日是周一，那是她争取的结果，她觉得周一休息很划算，据说那是一周中人们情绪最差、购买欲最低的一天。

"我还不想睡。"李星说，她把书放在胸口。

"这些故事简直是为我写的，"她说，"他活着的时候一定在寻找知己，能读懂他的人。"

我嗯了一声，那个作家我知道一点，李星跟我讲过他的故事。

"他死的时候我才八岁，就这么错过了。"她看着别的什么地方。

"他错过了你，你没错过他。"我说。

她没说话。

"睡吧，明天接着看。"我说，"没人把书拿走。"

"你也睡吗？"她把书折了个角，放床头。

"这集看完就睡。"我拿过遥控器，把声音调到刚好能听到。

"晚安。"她关掉台灯，"梦里见。"

"梦里见。"我说。

李星脱掉睡衣躺下来，盖上毛巾被，胳膊光溜溜露在外面。

"嗳。"她侧过来对着我。

"嗯？"我看了看她。

"我一点也不喜欢自己的声音。"她说，"今天听了录音，终于知道业绩为什么不好了。"

"我也不喜欢自己的声音，"我说，"没人喜欢自己的声音。"

"谁说的？"

"没人。"我笑了笑。

她没笑。

"你声音没问题，"我说，"这个发言权我还是有。"

"那你觉得问题在哪儿？"

"大环境不行，大家都没钱。"我说。

"他们不一样。"李星看着我，"我们经理说，有些人不受大环境影响。"

"他们会变抠。"我挪了挪身后的枕头好让自己躺得更舒服一些。

她没说话。

"快睡吧。"我说。

刚闭上眼睛又睁开了,"你买的干燥剂呢?"她看着我。

"忘了。"我说。

"你怎么又忘了?都说多少遍了,你就是不上心。"她提高了音量,"马上到梅雨季了。"

我没回嘴,的确是我的问题,最近我有点不在状态,五月刚过一半我就收到两张过失单。

"明天你是不是休息,再不买回来我真生气了。"她转过身去,背对着我。

"明天保证买。"我说。

上个月,我们换了房子,是个半地下一居室,整栋公寓楼靠山而建,窗外是混凝土抹平的山壁,长满了青苔。

我们换到这儿是想省点钱,虽然离工作地方又远了不少。

公寓没空调,当初房东是这么说的:"这房子夏天用不着空调。"他没骗我们,房间确实凉快,但衣服晾在屋里三天才勉强能干,刚搬进来没多久李星发现棉布拖鞋发了霉,接着是衣柜里的大衣和被子，最近连电视机外壳上也长了一圈深绿色霉斑，那是我们唯一一件自己的电器，李星说即使不看，开着有点动静，会有家的感觉。

前天早上李星说她做了个噩梦，梦见房间里所有东西都发霉了，"桌子、冰箱、洗衣机、遥控器，连你也浑身长满了绿毛，走到哪儿都被人盯着看"。为此她专门写了首诗，《绿毛怪》。

"这儿便宜啊，"我说，"还有个客厅呢。"这是我们看的几处唯一有客厅的，虽然只能放下一张餐桌。

房子是李星选的，她很看重那张餐桌，我们之前住处只有一个房间，吃饭只能在床边那个矮茶几上吃。我知道如果让她重选一次她还是会选这儿，她可能只是想抱怨点什么，随便什么。

李星平时很少抱怨，这一点像她爸。她爸多年前在对越自卫反击战中双腿没了，九八年从农机厂收发室下岗，开起了出租，不惜放弃了唯一爱好——喝酒。他开一辆改装斯柯达，所有操控装置都移到了方向盘附近，经常有乘客问那些装置用途。

去年春节我去了李星家，贵州迷雾河，年夜饭上，我和她爸妈谈了我俩的婚事。

李星说她不想办婚礼，很累，又浪费钱，"我想旅行结婚，去西藏，"她对爸妈说，"你们不是一直想去西藏？我们四个，租辆越野车，我来开。""你开？"老李瞧着她。

"走318国道，到时候在成都耍几天，带你们去看大熊猫，妈，去不去嘛，一句话。"

"我看你就像个大熊猫，"阿姨说着把李星酒杯没收了，"不准喝了。"

我平时不怎么喝酒，酒量也不好，我讨厌酒，从小受够了身边那些酒鬼，但那天李星对我唯一要求是"把我偶像陪好"，我只得照办，中途偷偷去卫生间吐了两次，喝到半夜，干脆摊了牌，我说不管昆山还是崇明，我都付不起首付，就算付得起也不打算买，按揭贷款是个圈套。老李听完不置可否，自己喝了一杯。

"我爸妈关心的是我有没有一个安稳的家。"回上海火车上，李星跟我说，"不过你放心，我已经说服他们了。"

"他们有的，以后我们会有，"我说，"他们没有的，以后我们也会有。"

"行吧，"她看着我，"有个口号总是好的。"

不一会儿李星睡熟了，我去趟卫生间，接着看《荒野求生》。埃德在第十天生起一堆火，终于可以吃烤熟的海蜗牛。节目播完我关了电视，躺下来，幻想自己独自在无人荒岛，食物恐怕是个大问题，我能接受最恶心的食物是烤蚕蛹。

"荒野求生的关键在于保持乐观心态。"这是节目里说的一句话，如果真是如此，李星也许可以比我坚持更久。

半梦半醒间隔壁传来一阵婴儿哭声，我听见有女人起身去哄，哭声更大了。

似乎好几户邻居都有婴儿，每天晚上不是这个哭就是那个，有时候齐上阵，这些哭闹一度严重影响了我的睡眠，后来是李星想到了解决方案，李星说，"你把他们想象成咱俩的。"

"嗯？"

"哭闹咱俩甚至都不用起床，保姆们负责照顾。"

"并且是免费保姆？"

"没错。"

所以现在这些事影响不了我了。

第二天下午李星给我打了个电话，叮嘱我记得买干燥剂，让我把浴室门口的垫子拿出去晒，又考了我个脑筋急转弯。

"今天小于给我讲的，"李星说，"上帝把门给你关了，又把窗给你关了，问为什么？"

"为什么？"我说。

"上帝要给你开空调。"

"不觉得好笑吗？"她说。

最后她说感觉右边乳房两侧有些胀痛，"有几天了，"她说，"只是今天比较严重，起床到现在都在痛，早上还摸到了个硬块。"

我向她保证那只是小问题，要她明天去医院做个详细检查。

"我想你来接我。"她说。

一群女孩从楼里出来，没一个人聊天，我看见李星，扔了烟去迎她。

"感觉怎么样？"我说。

"没那么疼了，"她说，"先回家吧。"

地铁上，我提议在外面过周末，她没反对。

出地铁还得转趟公交车，下了车，我们去了住处附近一个新开的贵州菜馆，路过自助银行时看见门口停了辆"金杯"，车身贴着除湿机广告。

李星站在那儿盯着看，广告上画的除湿机和空调扇一个样。

一个中年男人从自助银行出来，穿着一件除湿机广告衫。

"想买一台吗？"他拨了拨棒球帽檐，看看李星，又看看我，他说话带湖南口音。

我摇头，往前走了两步，李星和他接上了话，细致地问着除湿机的型号，价格，工作原理。

我点了支烟，到处张望，我看到立交桥下那个戴眼镜的流浪汉，裸着上身，枕着蛇皮口袋在睡觉，现在我觉得比起埃德他条件要好太多了。

他们还在聊，李星没朝我这边看一眼，她和"除湿机"相见恨晚，临走还管他要了张名片。

小饭馆生意挺好，找了张空桌坐下，半天没人来招呼。

"我们可以买一台。"她说。

"那么大个东西，买了放哪儿？"我说，"你嫌电视机麻烦还不够？"

"有干燥剂不就行了。"我放低了声音。

她没说话。

"你有没有吃过蚕蛹？"我问她。

我跟她讲了几年前的故事，那时候我在宝山一家灯具厂做推销员，厂里把我派去鞍山，我和三个福建人住在一个筒子楼，旁边是个武警中队，早上他们一吹军号，我们就起床工作。那边饭馆分量挺大，和上海完全两回事，但冬天空气太干了，我身上老是痒，起红疹，每天早上起来，鼻涕都带血。

"我们凑钱买了台加湿器，长得像个大蘑菇。"我说，"一开开关，那玩意儿就往外喷仙气儿。"

李星没说话，服务员拿来菜单，她也不看。

我点的都是她爱吃的菜，甚至还点了鱼腥草，我报了菜名，她划掉了豆豉回锅肉，盯着手里的杯子发呆。

我告诉她我已经请了假，明天陪她去医院。我在移动做柜台服务，派遣工，派遣工的意思就是干同样活只能拿正式工一半钱。我每天最多的业务是打印通话详单，办业务通常都是女的。

"明天我想自己去。"过了一会儿，她说。

我看着她。

"我不想让你觉得我生病了。"她看着那半杯水，压低了声音。

"人人都会生病。"我说，"生病是一件非常正常的事情。"

"放松点，往好的方面想。"我又说，"想想那些让你开心的，对了，冰箱里还有西瓜。"

她皱了皱眉。

吃完饭天黑下来，我们往回走，李星拉住我的手。

"想在外面透透气。"她说。

"干燥剂。"我一拍大腿，"又忘了。"

"明天我们一起去买。"她说，"现在只想在外面再待会儿。"

巷子尽头有个小公园，我们常去散步。

李星很喜欢里面那条林荫道，走了一会我们坐在一个没人的凉亭里休息，晚风吹来，凉爽了许多。

一辆白色越野车停到旁边，挂着临时牌照，驾驶室一个年轻女人在打电话。

"她是怎么做到的？"李星问。

"你也想要一辆？"我说。

"所以才问你啊。"

"你该去问她。"我说。

"你怎么不去？"

"她上个月签了一万单。"

她笑起来，"讨厌。"

"有蚊子。"我一巴掌拍她腿上。

"叮两个包了。"她带着哭腔。

"动起来，"我起身，"蚊子只叮不动的物体。"

"豆豆。"她突然喊，一条白色大狗从远处朝她一路小跑。

李星和她的萨摩耶朋友玩了好一阵，还把我介绍给它认识，狗主人是一对和蔼的老夫妻，分别时那只狗三步一回头。

"你以后想要什么样的生活？"她挽着我的手。

"怎么突然问这个？"我说。

"有一个我爱的人，一份喜欢的工作，两三个真正的朋友，爸爸妈妈身体健康，就是世界上最幸福的事了。"她顿了顿，"再养条好狗。"

我看看她。

"钱可以不用太多，"她说，"房子也不用太大，但一定要有很多阳光，有个落地窗就更好了，可以坐在窗边，泡一杯茶，安安静静看几页书。"

"每年我们出去旅行一次。"她接着说，"最好是长途旅行，我有没有跟你说过，我特别喜欢坐晚上的火车。"

"我们会过上那种生活的。"我揽着她的腰。

吃完西瓜，我们做了爱，我轻轻握住她丰盈白皙的乳房，她们看上去和往日别无二致，我想不明白里面出了什么状况。

洗澡时，她往身上弄了许多泡沫，站在镜子前。

"你觉得我胖吗？"她说。

"一点也不胖，"我说，"完美身材。"

"你说我去拍个写真，怎么样？"突然她转头看我，"什么都不穿，裸体那种。"

"好啊，"我说，"我可以帮你拍。"

"我想要专业的。"

"我可以学。"

"你会去学吗？"她看着我。

"你要是真想拍我就学。"

"只给我拍？"

"对。"

"那我等着。"她说。

"过来。"我说。

我们一起躺在床上看《荒野求生》。

埃德的情况不太乐观，第三十三天，他捡到个空铁罐，可以吃上水煮海蜗牛，但是因为他只有海蜗牛吃，身体已经很虚弱了。

转机出现在他发现岛上有一群野山羊，他用捡来的绳子和铁钉制作了弓和箭，可一连几天都没射中，山羊很狡猾，他没办法靠太近，如果再不补充些高蛋白，不可能支撑到六十天，我不禁替他担心起来。

奇迹发生在第四十五天，埃德在沙滩捡海蜗牛，竟然发现一只山羊头卡在灌木丛里，动弹不得，于是埃德有了炖羊肉吃，他还把吃不完的肉烤成了肉干，这样一来他生存到九十天也没问题。

"山羊怎么可能把头卡住？"我关了电视，感觉自己受到了愚弄，"我就知道，不作弊的话怎么可能撑到六十天。"

"外国节目也作弊吗？"李星说，"也许有的人运气就是很好啊。"

"运气也他妈是作弊！"

周一上午，我们去了附近那家中医院，李星挂了号，让我在大厅等。

"那儿不让男的进。"她说。

大厅电视正放一档养生节目，一位老中医说，人在潮湿的地方生活久了，体内湿气加重，就会容易生病，我听了一阵发蒙，今天出门发现连皮带都发了霉。

我呆坐一阵，听见有人叫我，抬头却没人，看着面前的病患家属和医生护士，有点恍惚，我想不起来这儿的原因，灵魂就像一只被敲掉壳的海蜗牛。直到李星在我头上敲一下，我才恢复清醒，她把手上的东西递给我，一本戒烟宣传手册。

"医生怎么说？"我问她。

"还没完事，现在要去做彩超。"她说，"你还得等我一会。"

"我就这儿等你，"我握着她的手，"哪儿也不去。"

"呀，"她嫌弃地甩开，"都是汗。"

我只能靠戒烟手册转移注意力，图片里那些熏黑的肺让我恶心，我把那本手册一字不漏看了两遍，第三遍时李星朝我走过来。

"有一处增生，"她说，"医生说问题不大，以后定期检查。"

"你看昨天我说什么来着？"我把手册扔到一边。就在刚才，我向上天发誓，这一次如果李星平安无事，第一步我就把烟戒了。

我们要了代煎服务，工作人员让明天下午六点左右来取。

去超市路上，李星告诉我，医生把沐浴露抹在乳房上，再用一个袖珍熨斗贴着乳房，旁边电脑就能看到里面情况。

"可惜以后不能吃西瓜了，"她说，"医生说的。"

"不过没关系，"她又说，"西瓜不是唯一的水果。"

我们在日用品区顺利找到了干燥剂，盒装的、袋装的，还有挂钩的，我们蹲在那儿，认真挑选，我以前从没见过干燥剂，它们看起来像救世主一样，一种进口干燥剂使用说明上写着：把它放在潮湿的地方，它就会在你看不见的情况下，不分昼夜吸干周围所有水分。

我们买了整整一大袋干燥剂，回到住处立刻展开行动，放遍房间每个角落：衣柜、鞋柜、行李箱、电视机……我们都松了一口气，接下来就看它们的了。

行动结束，李星提议喝酒庆祝。

"可以喝吗？"我开了一罐。

"不知道。"她看着我。

"医生有没有说不能喝酒？"

"没。"

"那就可以喝，"我把酒递给她，"至少今天可以。"

"下雨了。"李星说。

"不用担心。"我说，"现在我们有干燥剂。"

"干杯。"

"哦，对了，"她放下酒，"忘收垫子了。"

李星出去了，我走到窗边，看着雨和青苔，喝一口酒，看看罐身的字，又喝了一口。

最后的夏天

一九九七年，我十五岁。

我家在贵州迷雾河县，我爸在县国营钢厂销售科工作，经常出差，回来会给我带些电子表、游戏机、随身听之类的新潮玩意儿。

我爸头发三七分，喜欢穿花纹衬衫，抽三五烟，和朋友喝酒时，总是最神采飞扬那个。

我妈在县工会当干事，她喜欢跳舞，曾经业余学过几年舞蹈，功底不输科班，周末经常被各单位邀请去文化馆教跳舞，我妈舞教得好，对学生有耐心，颇受尊敬，都叫她谭老师。

除了跳舞，谭老师还喜欢看电视剧，暑假前好几个地方台在放《鬼丈夫》和《孽债》，每天晚上我在房间里假装做作业，她在客厅看电视，好几回我出来发现她眼睛通红。

我爸妈是高中同学，据说曾经感情很好，所有认识的人都说他们郎才女貌。对此我一直很怀疑，直到有一天爸妈不在家，他们卧室平时上锁那个抽屉钥匙没拔。

抽屉里放着银行存折、国库券、旧粮票、我的婚嫁险保单、集邮册、获奖证书、避孕套，还有两个旧笔记本，一个封皮写着"为人民服务"，一个印着贾宝玉和林黛玉，全是我爸写的诗，我爸字很好看，字帖一样，我不清楚为什么我字那么烂。

我在抽屉深处找到一些信，我爸妈恋爱时写给对方的，信里主要讨论了人生和文学，其余内容肉麻至极。

一九九七年夏天，我初二暑假，我爸四个多月没回家，那是他出差最久的一次，给我妈打电话频率也比以往都少。

我爸回来那天我没在家睡。

我在大衣柜里醒来时，余欢已经端正地坐在书桌前做暑假作业了。

窗户开着，窗帘随风轻摆，她胳膊在阳光下显得更白，屋里很安静，可以看到地板刚拖过的水迹，空气里有一股淡淡的花露水味道。

余欢是我女朋友，我们从小认识，她爸和我爸当年在一个地方插队。小学我们也是同学，那时她是少先队大队委，六一晚会经常上台发言，我在县电视台至少看到过她两次，她涂着口红和红脸蛋，系着鲜艳的红领巾，站在摆满花篮的主席台上，低着头，照着老师写的稿字正腔圆地念。她皮肤很白，口头禅是"真的假的"。

昨天余欢说她爸妈去外面打牌，让我晚上去她家，要给我个惊喜。晚上我去找她，问是什么惊喜，她张开嘴，她刚刚摘了戴三年多的牙套，牙齿变得整整齐齐。

"怎么样？"

"好看。"我说。

"真的假的？"她说。

"真的。"

她很高兴，说今后终于可以放心大胆地笑了，她笑起来其实挺可爱。

余欢是校乐队黑管乐手，她让我听她吹黑管，然后我们开始接吻。那不是我们第一次接吻，却是我感觉最好的一次，我吻着吻着，手伸向她胸前，她不让我乱动，握住我的手，力气很大，我竟没挣开。我们亲了很久，直到感觉有点头晕才停。我拉开窗帘，外面早已漆黑一片。

我意识到该回家时，客厅传来开门声，她妈在说话，埋怨她爸出错一张关键牌，她爸是我们学校教导主任，对学生严厉出了名，但他没回嘴。

她妈敲余欢门，问为什么还不睡觉，"十二点了！"她妈说。她妈是个银行职员，做过三八红旗手，每分钟能数三百张钞票，我见过她妈工作，数钱动作眼花缭乱。

"躺下了。"余欢说着给我使个眼色，关了灯。

我从窗户往下看，她家在三楼，没办法翻出去。

"要不你今天住这儿吧，"她压低嗓音说，"明天再走，他们明天一早要去上班。"

"那一会我睡哪儿？"我小声问。

她打开大衣柜。

"行不行啊？"我往里看。

"我心情不好就喜欢睡里面。"她说，"你又没我高。"

我脱了鞋，钻进衣柜，勉强能躺下。

她把我鞋藏到床底。

"明天见。"她半掩上衣柜门。

"醒了？"余欢转过身看着我，"睡得怎么样？"

"你爸妈呢？"

"上班了。"

我从衣柜里爬出来，用力伸了几个懒腰。

"你先洗脸吧，"她说，"粉色那块。"

我对着水龙头洗了脸，在架子上找到粉色毛巾，有一股雪花膏的味道。

"早餐在客厅。"她说。

余欢用圆规在草稿纸上画着几何图,我站在旁边,抓缕头发拨弄她耳朵,"别闹",她看我一眼。

我只得坐在床上,一边啃油条一边看她做暑假作业,她问我今天打算做什么,我说不知道。她问我做没做暑假作业,我说还没开始,她说她要赶快做完,过几天她妈单位组织去深圳旅游,她要一起去。

"深圳就挨着香港,香港回归我好激动啊。"她说,"我和爸妈一直在看现场直播。"

"下午想不想去游泳?"我问她。

"作业没写完呢。"她头也不抬,把本子翻到下一页。

我家离余欢家不算远,只需要走两条上坡的街,穿过一条石板巷。

快到巷子时遇到了那个疯老头,又驼又跛,一头乱糟糟的头发,常在我们学校附近转悠。他在巷口垃圾堆里捡了点吃的,一瘸一拐往回走。不知道为什么,他是我最害怕遇见的人,我躲在暗处,直到他走远才出来。

我家楼下停着一辆黑色桑塔纳,司机看着眼熟,我装作没看见,上了楼。

"这就是你所谓的商量,"我听见我妈说,"齐亦飞,你是全世界最虚伪的人。"

我爸穿着衬衣西装，在茶几上整理证件和材料，我妈穿着睡衣坐在沙发上，压发箍拢着头发。

"爸。"我说。

"回来了？"我爸看我一眼。

"齐新！"我妈叫住我，"昨晚干什么去了？"

"在高阳家。"我说。

"怎么不打个电话回来？"我妈瞪着我，"你不管管你儿子吗？"又看着我爸，"每天外面野，都夜不归宿了。"

"你还是打个电话回来。"我爸说，"要干什么提前说一声。"他额头前垂着几缕头发。

"我做作业去了。"说完我进卧室，反锁了门。

我躺在床上，翻了几页《七龙珠》，又换了本《柯南》，还是看不进去。我放下书，竖起耳朵听他们在说什么。

"好吧，我承认，手续都办好了，我必须抓住这个机会。"我爸说，"趁还年轻，拼一把。"

"我最后悔当初答应你去广东。"我妈说。

"你知不知道朱老三在青龙镇开了家炼铁厂？你知道怎么经营吗？把我们厂的铁渣弄到他炉子再炼一遍，那些铁渣全他妈是铁。"我爸说，"我要有这种路子你以为我不会用吗？我只能去南边闯闯。"

我认识这个朱老三，他人很瘦，戴副金丝眼镜，有次他在我家打麻将，管二筒叫奶罩，让我记住了他。

"你去广东目的是什么自己心里清楚。"我妈说，"别找那些冠冕堂皇的借口。"

"谭敏，你什么意思？"

"别把人当傻子。"

"我没想到你会信那些鬼话。"

"我说了，别把大家当傻子。"

"我们缺乏基本信任。"我爸声音小了很多。

"我承认，"我爸说，"生意场上难免有逢场作戏，但仅限于此，我可以对天发誓。"

"你信用已经破产了。"我妈说。我听见打火机声音。

"我不想再解释。"我爸说。

大哥大响了，"好，好。"他说，"马上过来。"

"我们另找时间谈怎么样？下午行不行？"他说，"着急走。"

过了一会，有人敲我门，是我爸，这回他给我买了一双白色波鞋。

"穿上试试。"我爸说。

我把脚放进去。

"大了。"我说。

我爸伸手到我脚后跟试了试,"不要使劲往前顶啊。"

我显然没有。

"没事儿,"他在我肩上拍了两下,"过两年就能穿了。"

我爸出门后,我妈接了个电话,"周末去不了,家里有点事,"她说,"嗯,停一阵吧。"

电话挂了,听见敲门声。

"睡了。"我在被子里说。

"我中午不回来,你自己在外面吃,我知道你身上还有钱。"

我没说话。

"晚饭你去外婆家吃,"我妈说,"我要晚点回来。"

过了一会儿,我听见客厅关门声。

我闭上眼睛,想睡会儿,一分钟没睡着。去客厅看电视,有个台在放《西游记》金光寺那一集,那集我看过不下八百遍,怎么也搞不懂万圣公主为什么要跟九头虫而不是和小白龙在一起。九头虫被悟空打死后我换了一通台,打开VCD,取出《英语日常五百句》,放进孟庭苇。

我选到第十一首,《红雨》。音乐开始后电视屏幕出现了椰树成排的海滨风光,沙滩上,一个穿三点式的漂亮女人含情脉脉朝我走来。

女人走到我面前，问我想不想让她脱掉泳衣，我说可以，于是她脱掉泳衣一边，问我想不想看看另一边，不等我回答她脱掉整件泳衣，上身变得一丝不挂，我看到她一对柚子般的乳房……过了一会儿，她慢慢穿回泳衣，感谢我在战场上三番五次救她，约定方便时再见，回到沙滩上。我关掉电视，取出影碟，把原来那张放回去。

我去浴室冲了个澡，给金鱼喂完食，站在阳台上看着远处河面发呆。我家在县城一个地势较高的地方，阳台正好可以看到迷雾河最笔直那段河道。现在是汛期，迷雾河涨大水，红得厉害，上周下过几场大雨，雨停后一连几天都是炎炎烈日。

冰箱有半个西瓜，我切两块坐在客厅吃，风吹开爸妈卧室，我看到我爸的密码箱立在墙角。以前他有个棕色密码箱，香港电影里常见那种，现在他换了一个黑色的，更大，但密码依然只有三位数。

箱子很沉，我几乎拎不动。像以前一样，我想打开它看看里面有什么，也许我可以在一件衣服口袋里找到一张女人照片，以及这个女人写给他的一封信，信上最好写清楚了她和我爸的关系，最后还留着这个女人的地址电话和全名。我费力地放平箱子，预感这一次应该有我要找的东西。

我打开得颇轻松，这和之前的努力有关，破译原先箱子的密码曾花了我很多心血，我爸换箱子密码没改，犯了兵家大忌。

里面主要是衣服，隔层放着个黑色笔记本，那是他的账本。

我照例先检查笔记本，上面记录着每笔钢材生意的收支和回扣，以及他和另外两个合伙人每个月的分红，字越来越潦草。

我把笔记本放回隔层，一件一件检查衣服。

所有衣服干干净净，没一点异味。尽管如此，我还是在一条西裤屁兜里发现了蛛丝马迹。那是两张叠一起的登机牌，水洗过，皱皱巴巴，字迹模糊。我小心地把它展开，能看出是上个月 5 号中午广州飞上海，连座，一张乘客是我爸，另一张旅客姓名栏只能看清那人姓赵，后面两个字非常模糊，我拿放大镜看半天依然无法辨认。

我把登机牌按原来的折痕折好，塞回西裤屁兜，衣服一件件叠好，按顺序放回去，关上箱子，拨回之前的数。我把箱子立起来，摆到原来的位置。

我出门去找高阳，我不想一个人待在家。

高阳和我是穿一条裤子的哥们。他脸上表情不多，不熟的人会以为他冷漠，他对学习没太大兴趣，成绩在班里倒数，但在机械方面是个天才，他甚至做了一把可以打穿木板的钢珠火药枪，有一阵走到哪儿都把那把枪揣着。

高阳爸妈很早离了婚，他跟他爸过，他爸是个长途客车司机，住在客运公司宿舍。他妈在县城另一头开餐馆，再婚并且和新任丈夫有了孩子。偶尔我会和他一起去他妈那里取生活费。那些生活费里有我一部分，我妈把我零用钱卡得很死。

我经常去司机宿舍找他下象棋。我棋艺比高阳略胜一筹，但是他爸在的话会帮高阳支招，我就毫无招架之力了。

司机宿舍在县郊汽车站附近，我在路边花五角钱坐面的过去。高阳家楼下有一家温州发廊，一到晚上里面会亮起红色的灯。发廊门开着，两个穿睡衣的年轻女人在门口拧床单，一个年轻女人坐在小板凳上逗一条小黑狗，我没看见最漂亮那个。

高阳一个人在家，正光着膀子修我那盒Beyond的磁带，他仔细地把磁带断掉的两端用双面胶粘到一起，再一点一点绕回去。

他拧上螺丝，把磁带放进录音机，按下播放键，声音就跟以前一模一样。

我们一边听歌一边下棋，红子少个炮，用高橙瓶盖代替。那盘棋高阳赢得很轻松，还想来，我说，不了，今天没状态。

高阳收起象棋，打开电视，电视台全在检修，于是他拿出小霸王玩坦克大战，准备挑战六十五关最高纪录。高阳负责进攻，我大本营守家，我状况频出，高阳发挥超常，竟有惊无险打到六十四关，眼看破纪录在望，突然停了电，我们面面相觑，只得下楼打台球。

看店的女孩我没见过，穿一条黄色连衣裙，脸上有几颗好看的雀斑，像是比我们大几岁。

她坐在柜台边跷着腿看一本叫《黄金时代》的书，一副高高在上的样子，让我不太敢去看她，高阳说她是老板女儿，在外地上大学。

我们要了离柜台最近的球台，每次我击球时都觉得她好像在偷看。一度我和高阳拼得很凶，但当我鼓起勇气朝那女孩望过去，发现她很认真在看书，我顿时泄了气，输得溃不成军。

我说饿了，高阳说家里没吃的，于是我们进城，一人吃了碗羊肉粉，又去冷饮店吃炒冰。

那天全是我结的账，我爸走之前往鞋里放了一百块，那是他给的最多一次，但我没表现出半点高兴。我知道他一直希望我对他热情点，可惜我做不到，我唯一能为他做的是也不对别人热情。

"我怎么感觉你今天有点不对劲？"高阳说。

"没啊。"我说。

"今天你干什么都不在状态。"

"有点中暑。"我用勺子戳炒冰里的几颗葡萄干。

"中暑？"他怀疑地看着我。

"中午睡觉忘了开电风扇。"我说，"差点热昏头。"

"不对，你今天话特别少。"他说，"看着有点不高兴。"

我讲了昨晚的事。

"你们有没有做什么？"高阳咬着吸管看着我。

"没。"我说。

"你在哪儿睡的？"

"衣柜。"我说。

"衣柜？"高阳笑个不停，"你睡得进去？"

"舒服得很，"我说，"你睡过就知道了。"我没说假话，躺在里面有一种很安全的感觉，我睡得非常踏实。

"你居然在衣柜里睡了一晚上。"他还在笑。

"那你呢？"我说，"你和乐珊做过什么？"

乐珊是高阳女朋友，漂亮却没有半点架子，她有一口白净整齐的牙齿，是那种你不会轻易拿来和别人比较的女孩。

乐珊她爸是监狱狱警，有一把五四式手枪，她妈是 110 接线员，只要打 110 就可以和她说话。

"不要跟别人说你认识我。"高阳笑着说。

"你和乐珊做过什么？"

"不能告诉你。"他突然间一本正经地看着我，"这属于个人隐私。"

喝完冷饮我们去录像厅看《射雕英雄传》，也不在乎放到哪一集，坐下来就看。放完一集老板收下一集钱，我嫌麻烦一下子给了他五集的。刚看没多久我就倒在沙发上睡着了，直到高阳把我叫醒，郭靖和欧阳克正在桃花岛比武。

"放到哪儿了？"我说，刚才断断续续做了个梦，梦见我爸一副欧阳克打扮。

"快走了，"他说，"刚才乐珊呼我，叫我们去游泳。"

我们找老板退了钱，从录像厅出来。

太阳毒辣，整座县城晒得热气腾腾，街上空空荡荡，行人无几，只有树上蝉在叫。我们经过海狸鼠养殖中心，往日里三层外三层围观的人全不见了，一向活泼的海狸鼠也躺在水泥池底，一动不动地喘着粗气。

我们约在电影院碰头，远远看到乐珊站在台阶上吃冰棍。她扎着马尾，穿着白色 T 恤，牛仔短裤。那是我暑假里第一次见她，她晒黑了，变得更好看。她把冰棍递给我们，一人咬一口，我贪了点，冰块直冻腮帮子。

"余欢呢？"乐珊问我。高阳、乐珊、余欢，我们四个都是初中同学。

"她出不来。"我说，"叫过了。"

我们往县城唯一那家"东郊"游泳池走，乐珊说她刚从外婆家回来，乡下挺好玩，就是没地方游泳。乐珊很喜欢游泳，她是我见过游得最好的女生。

"放假到现在还一次没游呢。"乐珊说，额头全是细密的汗珠，"再不跳进水里我就要死了。"

游泳的人在往回走，说"东郊"没开门，我们还是决定亲自去看看。到了那儿，泳池已经放光了水，两个穿雨靴的工人正在用长柄刷清洁池底，空气里飘着一股消毒水味道。

"明天再来。""东郊"老板噼里啪啦按着计算器，"洗完池子，放一晚上水，明天中午才能满。"

"怎么办，高阳。"乐珊一脸失望。

高阳看看我。

我们顺着游泳池边上的一条小路朝山里走去。

山里有个水库，也是县城水源地，偶尔我们会去那里游泳。但你得小心，常年有个一根筋看守住在那儿，据说如果被他发现，他会把你岸边的衣服拿走，无论怎么求饶都不行，你只能光着屁股回家。

小路两边是绿油油的水稻田，有好几拨小孩在田埂上抓蜻蜓。经过一片开满荷花的荷塘，我们一人摘张荷叶顶在头上，走了半小时，来到一个山口，旁边石壁上，红色油漆写着："封山育林，严禁烟火。"再往前走进了林区，不时传来布谷鸟叫。

"但愿看守今天不在。"我说。

"他喜欢抓我们。"高阳说，"一个人住在山里太无聊了，没人受得了天天待在这里面。"

"我可以。"乐珊说，"我喜欢这些树。"

"我也是。"我说。

"算了吧。"高阳说，"住三天就能让你俩发疯。"

又走一会儿，看到了水库大坝，足有几十米高，像个巨大的铁闸插在两山间，我们从小道绕上去，水面是天空一样的深蓝色。

大坝上有个小木屋，高阳做了个嘘的手势，我们放轻脚步朝木屋走去，看到门上挂着一把硕大的锁，松了口气。

"我们在哪儿游？"乐珊问。

"跟我来。"高阳手一招。

　　水库朝阳面有块草地，我们的战略要地，从那儿可以看到大坝和木屋，一旦发现看守回来，可以迅速上岸拿衣服跑掉。

　　我和高阳先下水，一口气游出很远。回头看时，乐珊从树丛后面出来，她穿了一件蓝色新泳衣，站在岸边，像天鹅那样漂亮。

　　我们玩了阵捞泳镜，乐珊把她泳镜往远处扔，我和高阳同样距离开始游，看谁先把泳镜捞起来。

　　乐珊又提议比赛憋气，我们三个手牵手，同时蹲在水底。我和高阳只要一对乐珊挤眉弄眼，不出两秒钟她就会吐出一串巨大气泡。

　　后来我们玩了一会把我踩在水底的游戏，我喜欢躺在水草上软绵绵的感觉，每次他们都提早把我拉出水面。

　　我们坐在草地上休息，乐珊讲她舅舅抓黄鳝：编一个开口很小的竹篓，里面放几根羊骨头，傍晚把竹篓横着搁在浅水田里，第二天一早只管提起竹篓，有时候还能抓到螃蟹。

　　高阳说他外婆家门口有条小溪，夏天他经常在溪里钓螃蟹：用线拴着蚱蜢，丢到溪水里，不一会儿螃蟹从石头缝里爬出来，看到它夹住蚱蜢，轻轻一提，螃蟹就钓起来了，半途绝不松手。

　　我跟他们讲早上遇到了疯老头，乐珊问我知不知道他曾经玉树临风。

"玉树临风？"高阳说，"那怪物？"

"以前他可有名了。"乐珊说，"是我们学校老师，听说还是个诗人。"

"怎么变成这样的？"高阳咬着一根狗尾巴草说。

"学生打的。"乐珊说。

"不会吧。"高阳说，"打他干什么？作业布置多了？"

"你还知道些什么？"我说。

"他有个儿子，是个杀人犯，关在监狱。"

"杀了什么人？"我一下来了精神，"为什么要杀人？"

"不知道。"乐珊说，她显得很抱歉，但就这个年纪来说，她知道得已经够多了。

"你进过监狱吗？"我问她。

"是看守所，"她说，"当然进过，去找我爸，还不止一次。"

"里面犯人什么样？"我说。

"和普通人一样，只不过全剃了光头。"

"他们每天在里面干什么？"我说。

"缠半导体线圈，吃饭睡觉，晚上看电视，和我们一样。"

"我过不了那种日子。"高阳说，"一天也过不了。"

"想什么呢？"乐珊说，"你又不会犯罪。"

"他们犯了什么罪？"我问。

"不知道。"乐珊说，"昨天我做了个梦，特别有意思，你们想不想听？"

"不想。"高阳说。

乐珊打他一下，说，"我梦见一艘超大的飞碟，停在我们学校后山，他们说我其实是外星人，来接我回家。"

"然后呢？"我说，"他们把你接走了？"

"就差一点，正准备登船我就醒了，那艘船非常真实，太像真的了，我特别想上去看看。"

"我相信有外星人。"高阳说，"我百分之一百肯定有外星人。"

"我也信。"我说，"百分之两百。"

后来大坝上来了一群真正的年轻人，比我们大好几岁，像放暑假的大学生，说笑打闹着，我看到台球厅黄裙子女生也在里面。

他们是从泄洪通道爬上来的，那是条捷径，但更危险。他们在大坝下水，过了一会儿男生们竟然比起跳水来，几个女生在一旁看着，不时欢呼尖叫。他们身上有一些吸引我的地方，说不清是什么，只觉得眼前这景象在哪儿见过。

几轮比拼，他们越站越高，动作也越来越危险，一个不要命的大长腿爬上了木屋顶，他是那拨人里最帅的一个。

"他站那么高。"乐珊说。

大长腿来了个鹞子翻身，浪花巨大。

"哇。"乐珊惊呼一声。

"好厉害。"她说。

"这有什么。"高阳说。

"你敢吗？"乐珊瞧他一眼。

我们看了好一会，"高阳呢？"突然乐珊问我。

我们喊着高阳，四下找。

过一会儿，远处传来一声响哨。

是高阳，他爬上了水边一处悬崖。悬崖离水面足有五六层楼那么高，白色石灰岩像刀切一般平整，那是个跳水绝佳之地，我和高阳早就想从那上面跳下来，只是谁也没敢。

"快看。"大坝上有个女生喊。

"他要从那儿跳。"我说。

"高阳，别跳！"乐珊喊，"回来！"

高阳装作没听见，他站在悬崖上，阳光照着他，像一座金色的雕塑，那些大学生也一动不动看着他。我真希望此刻站在那儿的人是我。

"别跳！"乐珊继续喊，"给我回来！"

突然，高阳后退两步，随即往前一冲。他高高跃起在空中，笔直地站立着，急速下落，像一把锋利的匕首插进水里。所有人看得目瞪口呆。

水面很快恢复了平静，久久不见高阳浮起来，空气凝固了，乐珊捂着嘴，我心提到了嗓子眼。

哗啦一声，高阳猛地从水里钻出，他潇洒地甩了甩头发，手拍着水面，"下来啊"，他朝我们快活地喊。

我们跳进水里，向他游去，我们游在一起。

傍晚，有那么一阵，我们三个头对着头躺在草地上。许久没人说话，水面倒映着青山，天边飘着淡淡的云，凉风吹在身上，舒服惬意。

我们走的时候那些大学生还在游，经过荷塘正好撞见水库看守，他迎面走来，拎着个塑料筐子，大概是些吃的。乐珊头发还湿着，他眼神很凶，我以为他会骂我们，但最终什么也没说，我意识到他只想抓现行，这让我更加清楚绝对不能落他手里。

我们在夜市吃了炒饭，在街上一直闲逛到天黑透才各自回家。我敢保证那些大学生不知道水库有看守这回事。

回到家，我妈正坐在客厅沙发上抽烟，面前烟灰缸已经有几根烟蒂了，她看起来有些疲惫。

"你没去外婆家。"我妈说，"晚饭吃了吗？"

"吃了，"我说，"我爸呢？"

她没回答，她卧室门开着，密码箱不在了。

"你坐。"她声音很轻，"妈妈有些话想跟你说。"

我坐下来。

"你长大了，有些事我还是想第一时间告诉你。"我妈小心翼翼地把烟头摁灭。

"我和你爸可能要分开了。"她说，"你爸明天会和你谈谈，他说要带你去深圳。"

我看着她。

"你不会喜欢广东，你性格更像我，"她说，"你说呢？"

我点点头。

她看着我，不再是平时的眼神。

"下午我咨询过朋友，"我妈说，"他说法院会充分尊重你意愿。"

说完她沉默了两分钟，我也没说话，看着阳台，那些鱼永远若无其事地游来游去。

"你有什么想问的吗？"我妈看着我。

我摇头。

"不管怎么样他都是你爸，答应我一件事，好吗？"我妈神情松弛下来，"不要和他闹太僵。"

后来我们又聊了会，主要是我妈在说，我听着。我妈说这件事可能对我们生活有些影响，但很快会过去。

我躺在床上，周围很静，能听到迷雾河上传来的汽笛声。我开始思考一些新问题，我在想能不能发明出不需要换水的游泳池，人为什么总是在关键时刻醒来，我、高阳、乐珊还有余欢，我们四个长大以后，能不能生活在一起。

一九九七年夏天，我爸妈离了婚。

开学没多久我妈通过关系调到贵阳工作，我转去贵阳一所学校。高二那年我妈和一个体校拳击教练结了婚，他们在驾校认识，他有个显眼的驼峰鼻，据说年轻时是个拳击手，得过全国冠军。他很想教我打拳，我没答应。我大一暑假他们离了婚，他赌球欠一大笔高利贷，离完婚就消失了。

大学我去了深圳，和我爸一起生活，我最近一次见他是三个月前，在他婚礼上。

前一晚宿醉，没听见闹钟，醒来已是中午。我没洗脸就出了门，出门时床上女孩还在睡。

上滨海大道后三叉戟开到了一百六十迈，发动机的巨大轰鸣让我大脑一片空白，我错过了前两回，这一次不想再错过。

仪式还是结束了。客人们在露天餐厅用自助餐，新娘被一群人簇拥着，和我差不多大，穿着白婚纱，戴着白手套，所有新娘都一个样。

我看到了我爸。

"爸。"我说。

"儿子。"他满面红光，发型还是老样子。

"你爸有点醉了。"司机扶着他。

"好儿子，"我爸揽着我肩膀，"今天爸爸高兴，不恭喜我吗？""那当然。"我说。

"有句话爸今天要告诉你。"他领着我往前走了几步，头挨着我，"就一句。"

"来根烟。"他收起笑容。

我抽出一支给他，点上火。

远处一个肥佬跟他打招呼，我爸示意马上过去。

"放心，儿子，"他又把头贴过来，"什么都影响不了我们父子感情。"说完他眯着眼睛看着我，在我肩膀拍了两下，朝那个肥佬走去。

去 南 方

1

她要我带她去南方。

凌晨出发，我连续驾驶一天一夜，傍晚到昌图境内车出了故障，发动机加速不匀，接着点火也出了问题。

我们在铁岭服务区吃完晚饭，下起了大雪。

车半天才发动，我告诉夏影如果半夜在高速熄火，我们都会冻死，她这才改变了一直往前开的想法，答应在沈阳住一晚。

我和夏影本来在哈尔滨，配合默契，从未失手，事业正在快速发展，昨天突然出了点状况。

"我受够了，再也不要在别人家待一秒钟了。"昨天夜里，她醒来发现我们睡在别人卧室，衣服没穿就打开了窗户，然后抓扯头发，"我呼吸不过来，我要死了。"

我不清楚我们属于什么关系，她曾经是我女朋友，后来分了，现在我们又在一起。

2

遇到夏影是因为一个望远镜。

五年前，我二十三岁，在广州开塔吊，就是工地上那种大铁架子，我在只容得下一个人的操作室里，把建筑材料吊到楼顶。

虽然有人觉得塔吊很高，爬上爬下危险，但我喜欢这工作。塔吊让我处在这个城市的高处，甚至是最高处，我觉得每个人都应该在塔吊上看一次日出。收工后我也喜欢待在塔吊上，看看书什么的，顺便说一句，我最喜欢的一本书是《雪山飞狐》。

我有个工友马猴，也是塔吊手，东北人，瘦高个，我们一起住在城中村。有天收了工，他约我去跳蚤市场买相机，说第二天要带陈惠去动物园玩，马猴向来讨女孩喜欢，身边女孩三天两头换，但这回好像上了心。那天他买了个拍立得，我买了个苏联军用望远镜。

没活儿时我喜欢用望远镜在塔吊上到处看，军用望远镜是不一样，再远都看得一清二楚，我找到了区政府、客车站、施工中的广州塔、凯撒洗浴（我看到我们老板陪客人从里面出来），有一天我突然想找找自己住处，但那一片密密麻麻全是握手楼，根本看不出哪是哪。

晚上回到家，我从衣柜找出件红色T恤，剪下一半，拴到竹竿上，我打着电筒爬到屋顶，把竹竿绑在避雷针上。第二天上了塔吊，再用望远镜往家看，灰色房顶上，一面红旗迎风招展。

有天傍晚突然停电，我在家没事干，拿望远镜到处看，女人炒菜，小孩做作业，两口子吵架又和好，都是一些百无聊赖的人和事。斜对面那栋楼，天台上，我看到了一个从没见过的女孩。女孩穿着一条红色连衣裙，晚霞照在她身上，我心动不已。

我连忙去马猴房间找出拍立得，给她拍了一张，但照片出来什么也看不清，只有一个模糊的红色身影。我把照片夹在日记本里，再看天台时，女孩不见了。

我慌忙搜寻，那栋楼有个叫异乡人的小旅馆，她进了五楼一个房间，正拉窗帘。

第二天一早，我没看到女孩，只看到阳台上挂着一条红裙，风中轻摆。

马猴怂恿我去追那女孩，说只要给他买两瓶酒，就教我两招，至少帮我要到电话，陈惠就是马猴在超市搭讪认识的。

晚上我买了两瓶好酒，马猴没回来，事他答应明天办，没想到一觉醒来，阳台空空如也，房间换了新住客。

3

女孩的消失让我失魂落魄，几天后淋点雨，竟得了重感冒。

那阵工地赶期，昼夜施工，那天本该我出工，马猴替我上了塔，结果塔吊在作业中突然倒塌，连他在内两个工友当场遇难。事故第二天工地查封整顿，我们放了长假。

马猴的死让我既痛苦又内疚，大半个月都躲在家里喝酒，陈惠来过一次，屋里全是酒瓶，没法落脚，她在马猴房间待了好久，离开时我把拍立得给了她。

陈惠走后工头李哥给我打电话，叫我喝酒，发来地址是家KTV，那天去的都是吊装组骨干，李哥说要给我们鼓鼓劲儿，他接了个新工地，想让我们继续跟他干。

没想到我在那儿遇到了她。那是她第一天上班，穿的正是那件红色连衣裙。

她抽出一支烟示意我点火，我半天没反应过来，好几下才点上。

"常来这地方？"她问我。

"头一回。"我说。

"我也是。"她说，"刚到广州，一个朋友说这儿只喝酒就能挣钱。"

她说这话时，几个喝醉的客人搂着女孩从门口经过，其中一个用他那只肥硕油腻的手，使劲捏了女孩屁股一把。

"明天我就走了。"她转头看我。

"去哪儿？"

"海南。"她说，"想去最南边看看。"

"还回来吗？"我问。

"说不好。"她弹弹烟灰，"他们不是说，越往南走机会越多吗。"

我看着她。

"你呢？做什么的？为什么来这儿？"

她一下戳到我痛处，我想起最后一次和马猴说话的情景，那天晚上他约了陈惠看电影，但还是二话不说替我出工，临走前还帮我买了退烧药。

她可能注意到了，几个工友也心事重重，一坐下就一杯接一杯地喝酒。她凑近我，看着我眼睛。

"喝点酒就好了。"她拿来两瓶啤酒，"来，我们吹一个。"

我和她站起来，对瓶吹，我停两三次才喝完，她虽慢，却是一口气喝光。众人开始鼓掌叫好，几个哥们要和她拼酒，她也不拒绝，又吹一瓶。

她站在我面前，一手抓着我胳膊，一手拿啤酒，仰着头，光滑的喉结轻轻跳动，汗珠从耳后滚落在白皙的脖子，酒顺着下巴流到锁骨。

一哥们喝得太急，酒全喷了出来，哄堂大笑。

那天我们都醉得东倒西歪。

"好久没这么开心了。"她又倒了两杯，"来，再干一个。"

"别喝了，"我拦她，"待会儿醉了。"

"不会的。"她说，"你不了解我的量。"

4

后来她醉了，不省人事，我把她带回了家。

她吐了一次，全吐在那条裙子上，我把她抱上床，帮她脱鞋，盖上被子。

我洗干净裙子，挂到阳台。

第二天从沙发醒来，她坐在旁边，穿着裙子，翻着我的日记本。

她拿起那张照片，看着我，我感觉丢脸丢到了家。

"有女朋友吗？"她问我。

我摇头。

"那你现在有了。"她看着我。

我没反应过来。

"但我要是和你想的不一样，也不准后悔，听到了吗？"

我点头。

5

就这样，我和夏影谈起了恋爱。

"这几天你是不是没事？"她递给我一张火车票，广州到三亚，无座，发车还差两小时。

"要不要一起去？"她看着我。

我俩立刻收拾行李去火车站，赶在发车前几分钟上了那趟绿皮车，我们和一群毕业旅行的大学生挤在车厢过道，跟他们打了一路牌，我和夏影输少赢多。

夏影比看上去活泼得多，尤其喜欢恶作剧，我睡着时给我画了个大花脸，出站我买瓶可乐，趁我不注意使劲摇，打开滋我一身。

傍晚，我们住进一个海边小旅馆，老板是个高音头胖乎乎的中年女人，大家管她叫胖姐。

只剩个阁楼间，胖姐把我们带了上去，屋子很小，但有两张床，还有扇挺大的斜开窗，夏影看了说，"就这间了。"

"对了，年轻人，"胖姐嘱咐我们，"晚上动静小点，房间隔音不太好。"夏影点点头。

但那几天我们像朋友一样相处，白天四处闲逛，吃特色小吃，喝当地啤酒，晚上在旅馆大厅和大家一起看北京奥运会。

一天夜里，我们刚躺下，隔壁突然传来一阵呻吟，"杜林，"夏影转过身叫我，"睡着了吗？"

我看着她。

"在想什么？"

"什么也没想。"我说，其实已经有了点反应。

"想不想去游泳？"

"游泳？"

"裸泳。"

6

沙滩空无一人，浪花冲到脚踝，我和夏影相对而立，红色吊带裙随风轻摆，月光清澈，照在她雪白的肩头。

她脱掉胸罩，扔到岸上，看着我。

我脱掉T恤，扔到岸上。

她脱掉内裤，扔到岸上。

我脱掉沙滩裤，扔到岸上。

她把吊带脱掉，手提着裙子遮住胸口，点点下巴示意我脱内裤。

我十分紧张，还是把内裤脱了，扔到一边，双手挡着下面。夏影见我脱光，笑了笑，我突然察觉不妙，但为时已晚，她把吊带穿回去，走到岸边，把衣服抱起来，往客栈方向跑去。

她跑到远处，朝我挥挥手，消失在视野。

我是用一块大贝壳挡着回的旅馆。

离开三亚前一晚，她跟我聊天。

"讨厌我了？"她说。

我摇头。

"烦我了？"

还是摇头。

"还信我吗？"

我点头。

她要我闭上眼睛。

睁开时，她给我戴上一条项链。

"这叫莫比乌斯环。"夏影说，"它没有开头和结尾，循环往复没有尽头。"

夏影把她那条给我，我帮她戴上。

ヲ

我们看着对方，忍着不发出一点声音，窗户开着，可以看见满天星星。

在那之后她变得很黏我，回广州买了两张卧铺，她非要和我挤一块儿。

"睡自己铺啊，这是火车，不是自己家。"查铺的乘务员说。

"要不你先过去？"我说。

"没事儿，我以前就在火车上当乘务。"她把头往我肩上埋。

"这样我们可都睡不好。"

"你是不是烦我了？"

"瞎说什么？"

"你就是烦我了。"她看了看我眼睛，又紧紧抱着我。

"好了好了，就这么睡吧。"

"告诉你个秘密，以后我要是生你气想和你吵架，你别跟我吵，"她说，"你使劲亲我，我气自然就消了。"

"知道了。"我说。

"现在就生气了。"她看着我。

我狠亲了她好几下。

"永远不许烦我。"我胸口感觉有点湿，她好像哭了。

8

我们重新布置住处，房间焕然一新。我们一起买菜，做饭，每天做爱。

后来，情况逐渐朝另一个方向发展，我们开始吵架，每次都要做爱才能和好，之后呢，接着吵。

我那点积蓄花得差不多了，我换了个工地，但不知怎么得了恐高症，手会不由自主地发抖，在塔上吐过好几回，常常走神，总是梦见自己遇到事故，噩梦中醒来便再难入睡。

而夏影，她那些工作从来没有超过一个月的，不是遇到骗子公司，就是猥琐老板。有段时间她心灰意冷，每天足不出户。

那天我回家晚了些，饿得不行，她盘腿坐在沙发上看《正大综艺》，我什么也没说，去厨房淘米煮饭。

洗菜的时候她把电视关了，过来抱着我。

"我们结婚吧。"她说。

"别闹。"我说，"手湿着呢。"

"结婚吧。"她把芹菜扔一边。

我看着她，没说话，捡起菜，接着洗。

她转身出了厨房，等我做好饭发现人不见了。

她总是一言不合往外跑，有时候找半天，她在麦当劳专心致志吃冰激凌，有时候又在你心急如焚时突然出现在你身后，似笑非笑看着你，刚要发作，她挽着你的手往回走。

后来我就不吃这套了。

9

直到我吃完饭边喝啤酒边看《新龙门客栈》，她才回来。

她在我旁边坐下，拿起我的烟自顾自点了一支，我注意到她化了妆。

"饭给你留了，在厨房。"我喝了口酒说，电影到了关键部分，深藏不露的店小二从土里飞出来，快刀斩乱麻地把甄子丹削成了半副骨架但自己也挨了一剑。

"你喜欢的不是我，"她说，"你喜欢的是你想象中的人。"

"一个完美女人，知书达理，贤妻良母。"她吐了一口烟接着说。

"今天不想吵。"我调大了声音，梁家辉正向甄子丹刺去致命一剑，生死在此一瞬。

她拿过遥控器，把电视关了。

我刚看她一眼，她早已摆好架势。

我压住火，点了支烟。

她拿走我的烟，扔进啤酒瓶里，刺一声灭了。

我急了，去拿她烟，她躲开，我们扭在一起，我把她压在沙发上，擒住她双手，把她手里的烟送到我嘴边，猛抽一口，一股脑全喷她脸上。

"咳……咳，杜林，你混蛋。"她急了，使劲挣扎。

我用力吻上去。

她一开始反抗得很厉害，后来就不了，紧紧抱着我。

"还有烟吗？"她问。

我拿过烟盒，"最后一根儿。"

我们像草原上两只捕猎得手的狮子，躺在一起和颜悦色地抽了那支烟。

她看着窗外，身上细密的汗在月光下像一层霜，我情不自禁去吻她。

"我这两天一直在回忆那个小阁楼，"她说，"还有那晚的月亮。"

"吃饭了吗？"我咬她耳朵。

"吃了。"她说，"朋友介绍了个酒吧工作，我看了，还行，就是远点。"

"酒吧？"我看着她，"能行吗？"

"试试看呗。"她说，"明天就去上班，那儿外国人挺多，还能学学英语。"

"我养你。"我亲着她脖子说。

她笑了笑，"我才不做家庭主妇，我讨厌做饭、家务，成天待在家。"

"但我也不喜欢朝九晚五。"她又说。

"你以前在火车上干乘务？"

"嗯。"

"后来怎么不干了？"

"火车提速了，"她说，"没跟上。"

"那你最想做的工作是什么？"我问她。

"开洒水车，"她想了想，"最好在晚上。"

"洒水车？"我看着她。

"嗯，你想想啊，晚上，街也空了，我俩开着洒水车，穿行在夜里，我一按开关，洒水车就喷出两道水柱，把城市冲得干干净净。"

我伸手去拿安全套，她拦我，我还是拿了过来。

10

夏影在酒吧工作，每天回来很晚，经常喝得醉醺醺，我们误会也越来越多。

那段时间，几乎每天我们都起冲突，很小的矛盾就会让夏影爆发，在深夜歇斯底里喊叫，朝我竖中指，用 F 开头的英语问候我，做爱也无法和好。

"承认吧，"夏影说，"咱俩没希望了。"

最后我们决定和平分手，她有个同学在佳木斯开家政公司，夏影准备去投奔她，我们达成协议，去佳木斯之前我们仍住在一起，我搬去外屋睡沙发。

分了手夏影也不时崩溃，她对生活非常迷茫，不知道未来如何，她去算了个命，算命的说她有三次婚姻，四十岁之后才能安稳。

她认为自己性格需要一些彻底的改变，把头发剪成寸头，在腰上文了只蝎子。

她回来得更晚了，告诉我今天又有个什么男的跟她搭讪。

夏影有个外地客人，四十多岁，有家室，喝醉了总给她打电话，求她别不理他，有一次甚至哭了，说没有她的人生毫无意义，愿意为她付出一切。

夏影问我是不是可以见他一次。

"他应该是真的爱我。"夏影说。

我告诉她别去，没结婚的话另当别论。她答应了，但有一天她满身酒气地回来，说去见了他。

"我把他要的给他，这事就结束了。"她说。

"我不想他一直缠着我。"她又说。

"给了他什么？"

"你说呢，你们男人要什么？"

"没必要，夏影，"我说，"你没必要那么报复我。"

"你管不着。"她瞪着我，"我想给谁就给谁。"

我心如刀绞，拿了瓶白酒，坐在沙发上一口接一口喝。

"别喝了。"她过来抢。

我一口气把剩下的酒灌进肚子，顿时一阵翻江倒海，立刻吐了。夏影坐在我旁边，头埋在腿上，过一会儿直起身，妆花得一塌糊涂，泪水还在往下掉。

"我没想到会伤害你。"她抽泣着说，"我没想伤害你。"

"他有没有逼你？"我紧握酒瓶。

"没。"她说，止住了哭，"我没和他做什么，他是个骗子。"

"那你为什么那么说？"

"我也不知道，"她看着我，眼睛通红，"我病了，要垮了，我以为我们已经完了，我以为你不爱我了。"

我心一下塌了，我抱着她，告诉她我会永远爱她，不管将来怎么样，我都会一直爱她，我对她的爱已经超越了世俗，是不受束缚的爱，我有些语无伦次，但我心里清楚，我只是说出了心底一直想说的话。

"只是在一起会互相伤害。"我说。

我吻她，她回应着我，我们又做了一次。

11

第二天醒来已是中午，外面下着大雨，夏影不见了，桌上放着一条项链，我去卫生间才看到，她在我脸上留了满脸口红印。

我找遍广州，问了夏影认识的每个人。

我坐长途火车去佳木斯，找到夏影朋友，她说上学时和夏影走得近，毕业就断了联系。临走我拿出那条项链，请她有机会转交给夏影，她说一定。

之后几年，我再没见过夏影，也没她任何消息。

12

半年前，我去了沈阳，有个朋友外号叫博士，在沈阳找了个项目，净水器代理。

那种机器能将自来水处理成饮用水，还有保健功能，一台进价两千，但要拿到铁西独家代理必须一次性买一百台，为此我们花光了全部积蓄，还各自贷了一笔款。博士说这生意想不赚都难，家家户户都需要净水器，而且卖不掉可以原价退回。

博士比我大几岁，有个可爱的女儿，是朋友里我最信任的一个。公司很快成立了，总部给我们提供了一套营销方案：净水器免费使用三个月，三个月后，等客户离不开它了，再决定是否购买。我们热火朝天地干起来，每天早出晚归送货，我们合伙买了一辆白色二手捷达，我开车，他指路，到了地方一起安装。

博士很有干劲，于洪那边生意也抢了不少，用他话说，"多劳多得"。

13

三个月过去了，没一个人愿意掏钱，我们终于发现是个彻头彻尾的骗局，这些净水器没有任何净化能力。

我们去退货，公司却翻脸不认账，我和博士去公司门口拉横幅，砸机器，结果被几个保安揍了一顿。在家养伤那几天，贷款公司也上门来催债，我们只好连夜搬去城郊，住在一个地下旅馆。

博士很愧疚，觉得他害了我，第二天一早出了门，说找朋友借点钱，下午就回来。

那天下午他没回来，再见到他是晚上，在派出所，博士没去借钱，拎着刀去了老板家，在车库把他捅了。

警察问我是否知道博士的计划，我说不知道，他们给我做了个笔录，让我回去了。

我在旅馆躺了两天，想不到任何出路，心里憋闷，旅馆附近有个别墅区，进出自由，我便常去那儿闲逛，在湖边长椅一躺就是一天。

逛了几天，那些别墅引起了我的注意，我发现他们往往只有周末才来这儿住两天，很多房子甚至一年四季空着，就像被忘了一样，只是不知道怎么进去。

我盯着湖里几只黑天鹅看一下午，想到了办法。

14

我买了身衣服，穿得像模像样，物色好目标，给开锁公司打电话，装作忘带钥匙，让师傅帮我开门，对方稍有怀疑，便递过去一张事先买来的假身份证，地址完全吻合。

我得手几回，收获颇丰，尽管觉得事情不会太快被发现，还是坚持一个小区只行动一次。

但也不是没有意外，有两个师傅坚持要去物业查验身份，我只得找借口溜之大吉。

那天傍晚，下着大雨，准备再次行动，我从兜里掏出一沓开锁小广告，随机抽一张，打过去。

等了一个多小时，师傅还没到，看了下表，决定八点不来就放弃行动。八点一刻，正准备撤，开锁公司车到了，下来个女师傅，我不知道还有女的做这一行。

她穿一身灰色制服，戴着帽子口罩，身影有些熟悉，但来不及多想，我递过身份证，装作等得不耐烦让她快点开门。

她望着我许久，接过身份证，"什么时候改名了？"她摘掉口罩，我一下愣在那里。

我刚想说什么，一对情侣跑到屋檐下躲雨。

她还我身份证，打开工具箱，开始忙活。

我们都没说话，我看到那条项链挂在她光洁的脖子上。

15

门关了，我抱住了她。我吻她，亲她，雨越下越大，我看到她头上有一道挺长的疤，右耳上方，头发能盖住。

"什么也别问。"她摸着我胸前的项链。

我们赤身裸体躺在床上，喝着冰箱里的啤酒，除了那道疤，她几乎没有任何变化。

16

我们去了长春，不久又去了哈尔滨。夜里，我们进到没人的别墅，喝酒、煎蛋、用全自动马桶、看电视、洗澡、打乒乓球、做爱，我们在卧室睡到天亮，离开时再把房间恢复成原来的样子。我管这叫做客。

我们只带走现金，有时候也会带走一些小玩意儿。在一栋泳池别墅，我找到过一块琥珀，里面是只甲虫，栩栩如生，对着光甚至可以看到它腿上每根细小的绒毛，小时候我就喜欢玩甲虫，但从没玩过一亿年前的甲虫。

做客次数多了，我发现使我们兴奋的往往不是最后的收获，而是打开一扇门之前那几分钟，你永远不知道里面有什么。

不做客时我们寻欢作乐，去最好的餐厅，住最贵的酒店，逛商场东西她只要多看一眼，我就立刻买下，那条贵到离谱的红色连衣裙，她很喜欢。

无数夜晚我们在酒吧里，喝到七荤八素，跳得满身是汗。那天凌晨，从酒吧出来，等车时她抽出一支烟，示意我点火，我点不着，她看着我，笑起来，我也笑起来，我们笑得越来越大声，周围醉鬼都躲得老远。

远处传来一阵"亚洲雄风"的音乐，顺着声音望去，一辆洒水车正朝我们驶来，我注意到夏影看它的眼神，二话不说，叼着烟站到路中间，把车拦下。

"你他妈找……找……找死啊！"司机块头挺大，探出头叫骂。

我也不生气，掏出一沓钱，和他好言相商。

五分钟后，我和夏影开着那辆洒水车，飞驰在空无一人的街道。夏影按下按钮，洒水车立刻喷射出两股巨大的水流，冲刷着世界。

自始至终没人提当年的事，也没人问对方这几年是怎么过来的。

17

进了市区，车况更糟了，我担心会随时抛锚，想尽快找个住处。

冬夜寒冷，行人寥寥，昏黄的路灯无力穿透夜幕，脏雪堆在街边，路上铺满了泥浆。

我突然有一种不好的预感，我们不会那么容易成功，那些破产的，流离失所的，或许他们才是世界的多数。

我看了看夏影，她闭着眼睛，看不到任何表情，一路她都没怎么说话。老实说，我觉得夏影这几年还是有些变化的，虽然说不清具体在哪儿，但应该和那道疤有关。

我找了家酒店，要了个大床房。夏影洗完澡，裹着浴巾吹头发。

我问夏影想不想出去喝一杯，昨晚我们吵得很凶，那是我们重逢后唯一一次争吵。最后我妥协了，我的想法是离开了哈尔滨，还可以在南方一展身手。

"是那种诚挚的邀请么？"她关了吹风筒看着我。

"是，"我说，"就是那种。"

18

酒吧里灯光昏暗，人头攒动，空气里充斥着混杂的香气，几个比基尼金发女郎在舞台上跳舞。

我点了各式各样的酒，摆满桌子，和夏影频频碰杯，那些酒让我们心情好起来。

"有时候，我会回忆我俩以前那些事。"我在她耳边说，"我们不是性格不合，是操蛋的生活让我们互相看不惯。"

"现在我们和以前有什么不同？"我说。

她感兴趣地看着我。

"我们不再是两只没头苍蝇了。"我干了一杯，"我们过上了完全不同的生活，因为我们现在有共同的事业，我们正朝同一个目标前进！"

"给你来个脑筋急转弯！"她抓着我胳膊。

"嗯？"我没摸着头脑。

"来吧。"

"一只蝴蝶，断了一边翅膀，"她瞧着我，"为什么还能飞？"

"为什么？"我喝了一口酒。

"它是一只坚强的蝴蝶。"说完她笑得前俯后仰。

她把我胳膊抓得生疼，笑吟吟地看着我，和我碰杯。

"干了。"她说，"我们是天生一对。"

"你不是喜欢洒水车吗？"我一饮而尽，"到了南方给你买一台，天天开。"

那或许是我一生中最意气风发的时刻，我感到前途一片光明，我由衷地喜欢这种感觉，当你想到未来，充满了机会和可能，我正站在一个前所未有的高度，跟开塔吊所处高度不同的是，我不被局限在那个狭小的操作室里。

"亲我。"她说。

我们在酒吧里吻个不停，兴起之时到车里做了一次，之后捷达就再也打不着了。

19

早上，雪停了。车还是发动不了，只好放弃，拿走了CD包，那些CD里全是我们爱听的歌。刚出停车场夏影打来电话，问我在哪儿，我说去租辆车，让她再睡会儿。

马路对面高楼成片，这边是破败的平房区，那些高楼显然建成多年，平房区或许明年就拆，或许永远不会。经过一个巷子口，停着辆金色沃尔沃越野，车刚洗过，车身在阳光下直晃眼。

座椅加了绒，没有花里胡哨的装饰，驾驶台干净利落，只搁了架墨镜，正是我喜欢的风格，不经意往方向盘一瞥，兴奋不已，车钥匙正插在上面。几乎没有任何犹豫，我开走了那辆车。

我把车开回酒吧，从捷达后备箱取块假牌，换到沃尔沃上，给夏影打电话，让她马上退房，酒店门口等我。

当我戴着墨镜从车里下来，夏影看我的眼神和以前有些不一样。她问我租这车花了多少钱，我让她上车再说。一路上我紧张不已，直到出城驶上了 102 省道，才平静了一些。

20

"我觉得它就是咱们的，它一直在那儿等真正的主人。"

窗外是我见过最美的雪景，小时候我只在《雪山飞狐》里见过，大地雪白一片，一望无垠，干净，整洁，一尘不染。

"现在运气在我们这边。"我把 CD 放进去，熟悉的音乐响起来，我调大音量，和夏影边唱边扭。

过了一会儿，听见一阵猫叫。

"你听见了吗？"我关小音乐，"车里有只猫。"

"是有什么声音。"她说,"像小孩在哭。"

她四下寻找,发现后座上有条毯子,声音是从毯子后面传来的。

"杜林。"她拿掉毯子,声音变了,"有个孩子。"

我往后视镜看,刚刚毯子挡住的地方,一个婴儿正躺在婴儿篮里哭。

我把车停在路边,夏影去看婴儿。

"怎么回事?"她问我。

我也是一头雾水。

她把婴儿抱起来,"是个男孩。"

婴儿没哭了,一双眼睛好奇地看着我们,我不清楚他多大,两岁还是两个月。

我以前听过一个说法,全世界婴儿都长一个样,现在我要指出这个说法是错误的,人从婴儿时期就已经有了显著差异。

婴儿挤了挤眼睛,嘴里发出喃喃声。

"他饿了。"夏影说,"得给他找点吃的。"

夏影在婴儿篮里找到一个保温奶瓶,她自己先试了试温度,再喂给婴儿,喝完奶他笑起来。

"我们得把他还回去。"夏影说,"他父母现在一定急疯了。"

"还回去？"我说，"那是自投罗网。"

"现在麻烦大了。"我反应过来。

21

我一辆接一辆超车，随时注意后视镜，现在整个沈阳可能都在找这孩子，说不定有警车从沈阳追过来了。

夏影把孩子抱在怀里，咿咿呀呀逗着，那孩子很吃这一套，咯咯笑。

"杜林，"夏影突然说，"我有个想法。"

"什么？"

"我们养这孩子怎么样？"

我吓了一激灵。

"我说，我想养这个孩子。"

"开什么玩笑？"

"没开玩笑。"她看着我，"是你说不能送回去。"

"疯了？"我说，"那也不能我们养啊。"

"为什么不能？"

"你说呢？我们会因为这孩子被抓，"我说，"你想坐牢吗，关在一个黑不溜秋的房子里。"

"只要我们关在一起。"她说。

"想什么呢？监狱分男女。"

"那你说怎么办？"过了一会儿，她看着我。

"可以想办法，把他交给别人，"我想了想说，"让别人把他还回去。"

"你不喜欢这孩子吗？"

"所有孩子我都不喜欢。"

"你什么时候变这么冷血了？"夏影说。

"反正我们不能带着他，他会把我们送进去。"

"不会的，"她用商量的语气说，"可以跟别人说他是我们的。""如果你真喜欢，我们可以要一个自己的。"

"那为什么我们一直没有呢？"

我没说话。

"总之我想养他。"她说。

"昨天晚上不是已经说好了吗？"我气得猛拍几下喇叭，"不要因为任何事情影响我们事业，你还不明白吗，他跟着我们是个累赘，带着他我们屁都做不成。"

"累赘是吧，行，"夏影说，"你前面停车，把我们放下。"

"你应该问问他想不想被你养大，被一个小偷养大。"我说，"本来不想说这些。"

她看着我，半天没说话。

"你说得对。"过了一会儿她说，"以后我不会再做客了，我承认一开始那样挺带劲，但现在我腻了。"

"我想换一种生活了，到南方我们就结束吧。"她看着我，眼神冷漠。

我服了软，没再说什么。

22

加油的时候，夏影发现婴儿撒了尿，我跟她一道给孩子换尿布，孩子很配合，一次也没哭。

不对，他还是哭了一次，不过当我把兜里那只一亿年前的甲虫掏出来给他看，哭声戛然而止。

有一阵我们谁也没说话，我在想，假如这孩子是我和夏影的，车也是，我们一家三口正在自驾旅行。当我真的信了，朝窗外望去，觉得这个世界一切都可以原谅。

婴儿睡着了，夏影仍然抱着。

"我有没有跟你讲过我爸的事？"她说。

我看着她。

"从小到大，我都没见过我爸。"夏影看着前面，"我妈刚生下我，我爸就跟个女人跑了。"

"我妈觉得我爸毁了她，一直活在怨恨里，后来生了病，走得很早。"

"去年，我突然接到个电话，说我爸被车撞了。"

我看了她一眼。

"我去医院看他，"她接着说，"一个老头，戴着氧气罩，身上插满了管子，我站在那儿，看着他，他闭着眼睛，一动不动。"

"他去世前几天，我一直在医院陪他，"夏影看了看怀里的孩子，"但我想和你讲的不是这个。"

"我每天住在医院，半夜睡不着，会去楼下花廊抽烟。我爸去世前一晚，我在那儿遇到个穿病号服的男孩，高高瘦瘦，脸色苍白，他说受不了病房的味道，跑出来透透气。那个脑筋急转弯就是他给我讲的，我不记得多久没那么笑过了。

"那孩子只有十五岁，淋巴癌，他说他不怕死，他是基督徒，死了会上天堂，我才看到他胸前挂了个十字架。他后来说，'我可以吻你一下吗？'我问他为什么。他说，'长这么大，我还没有亲过女孩子。'他低着头，不敢看我，我答应了。我让他过来，闭上眼睛，亲了他一下。

"走之前我抱了抱他，离开时他叫住我，说这个世界有天使存在，会伪装成一些美好的事物到你身边，他说我就是上帝为他派来的天使。"

"你讲这个是想让我嫉妒对不对？"我说。

"料理完我爸后事大概一个月，有一天碰巧路过医院，就去肿瘤科找他，"夏影继续说，"我不知道名字，只能跟护士描述样子，护士说，如果没弄错的话，男孩上周已经去世了。"

"我现在只想一件事。"

她把头扭到一边，不再理我。

"天使？"我心想，"屁使。"

23

进葫芦岛界，天渐渐暗下来，我们在一个镇子吃了晚饭，继续上路，经过几座村庄，更多的是漆黑的旷野。

路过一个油田，成片的磕头机不知疲倦地摆动着，到了一个热闹的小镇，国道两旁不少饭店旅馆，门口停满了各地牌照的货车。

万丈豪情大酒店在国道边立了块巨型霓虹招牌，远远就能看见，那是所有招牌里最大最亮的一块，酒店院里有一高一矮两栋楼，高的住宿，矮的是餐厅和夜总会。

夏影要了个家庭套房，服务员把我们带到房间，比预想的豪华。我打开电视看NBA比赛录像，夏影给孩子喂奶。

喂完奶夏影进了小卧室，比赛结束也没出来，我过去一看，她正躺在床上看着熟睡的婴儿。

"有个事儿想跟你聊聊。"我说。

"说吧。"她看我一眼。

"你先过来。"

"我们不能再上床了。"她走过来，"问题就出在这上面，我们应该发展一种新关系，Nofucking-relationship。"

"下午那些话是我不对，我道歉。"我说，"我……"

"我已经正式决定养这个孩子了。"她看着我，"可能是我这辈子最正确的决定。"

"你可以自己去找点乐。"她说，"随便什么都行。"

我看着她。

"随便什么。"她重复一遍，关了门。

24

我去了那栋矮楼。一进门，五音不全的歌声从楼上传来。

门口沙发，几个女人坐那看电视，她们看了我几眼，有个穿黑色裙子的女人，年龄看起来比另外几个稍大一些，她一直看着我。

我找了个包间，点了酒菜，服务员问我要不要找个陪酒小姐。

"有没有酒量好的？"我问。

"我们这儿没差的。"服务员说。

我付了钱，服务员问我想要哪个。

酒先上来，我自斟自饮，第二杯时穿黑裙子的女人进来了。

我跟她连干几杯，她喝酒很爽快。

"像在什么地方见过你。"我说。

"怎么可能？"她笑了笑，帮我倒酒。

"你是不是在广州待过？"

"我没去过广州。"她说。

"那可能认错了。"我说。

"我们确实只见过这一次，"她拨了拨头发，"以后很可能再不会遇到，这就是我理解的缘分，地球上总有几十亿人，你一辈子见不上一次。"

"为了缘分。"我倒满酒。

"你们要去哪儿？"她放下酒杯，"等等，让我先猜猜，不是来这附近办事的，你们要去南方。"

"你肯定阅人无数了。"我说。

"这就是我喜欢这儿的原因，"她说，"能见很多人，并且只见一次。"

"我只要两分钟就能知道一个人是什么样的。"

"你觉得我是哪样的？"我说。

"你想让我猜？"

我看着她。

"老板，生意人。"她说，"都不是。"

"那车也不是你的。"她看着我，脸上带着笑，朋友间那种笑。

我没说话。

"我有点醉了。"她说，"可以离你近点吗？"

她朝我挪了挪，紧挨着我，把手放我腿上。

"不管你做什么，都跟我没关系，对吧？"她说，"我们是只见一次的朋友。"

我和她碰了一下杯。

"你有没有待在监狱的朋友？"她收回手。

"有一个。"我想起了博士，我不确定他最后是否收到了那笔钱。

"我认识不少人都在监狱，出来又进去，进去又出来。有几个从小就认识，他们为监狱生的。"

"我朋友不是那样的人。"我说。

"想不想听个故事？"她掏出一盒女士烟，抽出一支，"就发生在上周。"

我给她点上火。

"那天晚上，我招呼了个客人，"她抽烟动作很优雅，"一个人来，说是做珠宝生意，我们喝了很多酒，聊得很开心，他问我愿不愿意嫁给他，跟他去南方，我答应了。你知道，这种话说说而已，第二天谁也不会记得。没想到他从兜里掏出一枚钻戒，戴在我手上，就是这个。"她伸出左手，给我看无名指上那枚戒指。

"一开始我也不信是真的，戴着玩，好看就行。"她接着说，"酒快喝完了，一群便衣冲进来，把他按在地上。说他在天津一带抢了几家珠宝店，还杀了两个人，警察从他车里搜到一把枪，上了膛。"

"别有什么侥幸心理。"她说，"这话你可能不爱听。"

"我不是付了钱就非要听好话。"我说。

"再喜欢酒的人在这儿也喝够了，但今天想和你多喝两杯，"她举着酒杯说，"你有没有想过离开一个地方，摆脱一切人和事，去个新地方，那儿没人认识你，也没人知道你以前，你可以重新开始，重新活一回。"

我看着她。

"你在广州做什么？"

"开塔吊。"

"那活儿干起来怎么样？"

我跟她讲了马猴的事。

"大难不死必有后福。"她说。

"这话应该加上时间限制，"我说，"不能让人他妈的无限期抱有幻想。"

"你过来一点。"女人说，她在我脸上结实吻了一下，"我才应该给你钱。"

"如果我是他，"我说，"就把枪带在身上，警察来了劫持你逃走。"

"我会配合你。"她说，"我的业务包括这个。"

我笑了笑，看着别处。

"在想什么？"她问我。

"成功的人，都是不受限制的。"我说，"你见过勤劳致富的人吗？"

她没说话，自己喝了一杯。喝完那瓶酒，我回了房间。

25

凌晨一点，我没有丝毫困意，夏影和婴儿都熟睡着。

我坐在床边，看着夏影，她可能正在做一个甜蜜的梦，可能她觉得世界已经出现了变化。这种想法我也有过，它曾使我深陷于一种情绪中，那种情绪后来再没出现，并且可能永远不会出现了。

往回开几公里，到了个小镇。我把车停在一个汽修店门口，下了车，往镇上走。

路上空无一人，月亮在云中隐现，远处有狗叫声传来。

路边有户人家亮着灯，我走过去，把婴儿篮小心放在门口，敲了几下门。

"谁啊？"有人问。

我躲到一栋房子后面，门开了，我收回身子，点了支烟，听见那边有人说话。

抽完那支烟，四周重新安静下来，再看过去，婴儿篮不在了，门像开始那样关着。

派 对

醒来丁娜不见了。

我看了看墙上的钟，中午十一点，泳衣还挂在窗边，应该没去海边。

一连两天我都没睡好。

旅馆在一个望海的山坡上，后面更高的地方有幢私人别墅，一到晚上就响起音乐，派对彻夜不休。别墅门口停满了跑车，来去发出巨大的轰鸣声，那些声音让我心神不宁。

丁娜睡得很好，她不管外面多吵，都能很快睡着，我不是，稍有动静就睡不着，即便累了一天。

我洗了把脸，下楼管前台要了瓶当地啤酒，前台记完账，告诉我瓶起子找不着了。

我去了观景露台，用牙咬开瓶盖，边喝边等丁娜回来。

天气很好，海面平静，海鸟飞在天边，远处的山一片翠绿，合欢树随处可见，身边就有几棵，姹紫嫣红。只是我现在没心情看风景，我在担心丁娜。

丁娜本来打算住在山脚，我说要住就住最好的，至少应该体验一次，于是找到了这儿。旅馆以前是船员宿舍，位置不比周围的星级酒店差，房间除了卫生间，其他设施一应俱全，价格是要比山脚小旅馆贵一些，但没贵得离谱。

那栋别墅在我身后，现在安安静静，铁门紧闭，只有一辆红色"鱼叉"停在门口。

正午时分，一楼几个聋哑人准备去钓鱼，他们用手不停比划。昨天他们钓到了一条畸形大鲈鱼，那条鱼脊骨是弯的，没人敢吃，他们把它喂了旅馆的猫。

几个金发碧眼的外国女孩游泳回来了，穿着比基尼，顶着湿漉漉的头发，边走边用不知哪国语言聊着什么，其中两个和我打招呼，我只得和她们点点头，就是昨天半夜我起床方便，撞见在公共洗漱间里亲嘴那两个。

丁娜可能物色新住处去了。"我感觉不太对。"昨天她跟我说，"住这儿的人好像都有点不正常。""包括我们吗？"我开了个玩笑，她没笑。

丁娜在济南一家商场做服装导购，她不喜欢那份工作。她换过别的工作，手机销售和办公室文员，那是我们结婚后的事，那些工作她干得不太好，最后只能重新干起服装导购。她想过不工作，可我一个人收入解决不了房租和生活开销。

大前天夜里，她接到一个陌生电话，丁洁说他们被警方通缉了，要跑路，让我们尽快给她汇一笔钱，还说所有的钱以后都会连本带利还给我们。那不是个小数目，丁娜劝她自首，丁洁不肯，她让丁娜想想办法，无论如何帮她最后一次。

挂掉电话，丁娜情绪非常低落，"我只有她一个妹妹，"她说话带着颤音，"我不想她坐牢。"她看着我，眼睛通红，"可我们不能包庇她，那样我们也要跟着坐牢，对不对？""我们没那么多钱，"我说，"我们帮不了她。"

"警察给我打电话怎么办？他们问我丁洁在哪儿，我说不知道他们肯定不信，他们会去商场把我拷走，他们会以为我是杀人犯。"她抬起泪眼看着我，"我该怎么办？"

"别让他们找到你。"我说。

丁娜沉默了很久，说，"我们找个地方，把手机关了，消失几天，怎么样？"

啤酒快见底，丁娜回来了。

"你去哪儿了？"我说。

"附近逛了逛。"她说，"你吃中饭了吗？"

我们去了旅馆老板介绍那家小饭馆，我要了瓶啤酒。这两天都是在这儿吃的，他家价格公道，我们怕去别处会挨宰。

"刚才我买了一张手机卡，去市区买的，那种不记名手机卡。"等服务员走开后丁娜小声说。

"我们可以给丁洁打个电话。"她从裤兜里摸出一张包装还没撕的手机卡，"我想知道她现在怎么样了。"

"别打。"我说，"如果你不能给她钱，就别打。"

"我想知道她现在怎么样了，她能理解我的。"她说。

"现在只有我能理解你。"我伸出手，"卡给我。"

"我要打。"她把卡拽在手里。

"我有这个责任。"她朝我喊。

"你一打，警察马上定位，现在打晚上就能找来这儿你信不信？"我说。我本来不想吓唬她，只是想让她轻松一点，这样我才能跟着轻松一点。

她没说话。

"你信我吗？丁娜。"我说，"信我的话，把卡给我。"

我从她手里拿过那张卡，把它装进钱包，我看到她就要哭出来。

"开心点。"我摸了摸她脸，"我们现在要把这件事给忘了。"说完我喝了一大口酒，我马上要忘了。

"我也要喝。"丁娜擦了擦眼睛。我给她倒了半杯。

"不够。"她说。

去年这时候我们在沈阳。丁洁在沈阳一直做一些和她姐姐差不多的工作，但她新交往的男朋友，是个老板。

那人叫马凯，个挺高，眉清目秀，老家浙江嘉兴农村，现在在沈阳做建材生意，丁洁把他当作上天的礼物。有一天她给丁娜打电话，说想请我们去沈阳玩一趟，顺便见见她男朋友。

丁洁和马凯热情招待了我们，每天马凯开着他的保时捷带我们到处吃喝，见他各行各业朋友，晚上我们就住他豪华公寓。

但那几天我状态很不好，有种上不来气的感觉，特别当我知道马凯比我小一岁的时候，那种感觉甚至回来还在。

"年纪轻轻，白手起家，既没背景也没关系。"丁娜在我面前毫不掩饰对马凯的欣赏，"怎么做到的？"

回来后，丁娜一直和我商量搬去沈阳，我劝她打消这个念头，隔着保时捷车窗看到的城市绝不是它真实的样子，但她说已经在计划了。

她的计划直到丁洁那一刀才暂停。当时我在荒郊野岭修一台大挖，忙活了两天还没找到故障原因，业主很不好说话，给我们下了最后通牒，限定三天内修好机器，不然耽误工期造成的损失要我们赔。

"丁洁把她男朋友捅了。"丁娜说，我让她大点声，这边机器轰鸣，我躺在挖机底盘下满头是汗。

马凯是个骗子，保时捷和豪华公寓是租的，建材生意是不存在的，连马凯这个名字也是假的。丁洁所有钱被他骗走了，里面有一部分是丁娜和我的，那是我们几乎全部积蓄外加我姐的一笔钱，我姐和我母亲一起在老家镇上，她离了婚，自己带着孩子，我无法想象她知道这事的反应。

我一时没回过神，不敢相信这种事能让我们摊上，不过那种上不来气的感觉就此消失了。

"那混蛋还在抢救，丁洁一直哭，"丁娜说，"她要借笔钱，你手里还有多少？"

我把电话挂了，我连下周要交的房租都没搞定，但两天后丁娜还是汇过去了那个数。

她卖掉了扣子。

丁娜喜欢扣子。

在她小学时候，就想方设法把她看到的漂亮扣子弄到手，我们认识那会儿她已经有了相当数量的扣子。

丁娜的扣子让我大开眼界，她在床上铺了块红色绒布，从衣柜深处拿出一个精致的铁盒，打开铁盒，慢慢把扣子倒在绒布上，轻轻摊开那些五颜六色、各式各样的扣子，"这里每颗扣子都有故事"。她看着我，那天她让我亲了她。

结婚后她仍然收集扣子，更注重质量了，只要没有的种类。她有个姐妹在高级时装店工作，总是能给她搞到一些特别的扣子，那些扣子往往搭配在几千上万块的衣服上，它们让丁娜的收藏上了个台阶。

现在丁娜卖掉了她十几年收集的全部扣子，就因为丁洁把一个骗子捅进了医院。房租我可以想办法，丁洁要的那笔钱我也可以想办法，任何事我都可以想办法，她不该卖掉扣子，没必要那么干，真的没必要，那不过是些扣子。

我心里很不好受，她却让我别难过，她告诉我她突然不喜欢扣子了，她把这些对她来说毫无用处的东西卖了个好价钱。"真没想到能卖这么多。"她甚至有些高兴地对我说，可我还是难过，他妈的，我跟那些扣子已经有了感情。

汇款那天丁娜告诉丁洁"和他谈谈，听听他怎么说"，丁娜说她有种女人的直觉，那个骗子是爱丁洁的。

"我发誓，我们的钱我要一分不少拿回来。"丁娜说那是丁洁跟她说的最后一句话，之后她手机再也打不通了。

"你说她会不会坐牢？""她怎么把钱拿回来？""现在

怎么办？"丁娜问个不停，她让我请假去沈阳看看。

"我脱不开身。"限定日期过去了，我仍然没修好那台挖机。

"丁洁会不会已经被抓了？""他们是真爱。""我们也有责任，没把好关。""你有没有懂法律的朋友？"那段日子丁娜反复跟我念叨这几句话。

我是有几个懂点法律的朋友，但他们犯的罪都不是丁洁那样的。

后来的事证明我们担忧很多余，骗子当然不会去报警，那样他的罪行也会暴露。但现在更大的麻烦来了，他们合作起来，开始了一种新关系。

"还想喝。"丁娜举着空杯子说。

我爽快地叫了些酒，挨个起开。

"从现在开始，"我把杯子倒满，看着丁娜，"我们是这个世界最后两个人。"这话通常是我在床上对她说的，为了让她放开点。

"全世界只剩我们两个了？"她看着我。

我点点头，我已经进入了角色。

我们接二连三干杯，丁娜脸颊慢慢泛红起来。

"我有没有跟你讲过我小时候常做一个梦？"她说。

"没。"我说。

她说从小学四五年级开始，她常常做同一个梦，梦见自己被关在一个水牢里。

那是个露天水牢，四壁很高，和玻璃一样光滑，人爬不上去，就算爬上去了，水牢在个岛上，她也无处可逃。她说其实她根本没想逃，待在里面感觉很好，很安全，有个男人总给她送吃的，用绳子把东西放下来就离开，她看不清那人长什么样，现在回想起来有点像我。

"我可不会把你关起来。"我说。

"要是我愿意呢。"

她还说了些丁洁小时候的事。

丁洁从小不服管，跟谁都对着干，十六岁那年离家出走，去了济南。

"丁洁觉得我和爸妈是一伙儿的，"丁娜说，"所以我俩关系一直不好。"

丁洁后来在济南一所大学食堂当临工，和一个学生好上了，没多久她怀了孕，学生抛弃了她，有天她给丁娜打了个电话。

丁娜那时候在广州，刚升到火锅店领班，但她还是立马去了济南，她就是这么来济南遇到我的。

那段时间丁娜一直陪着她，看着那个血疙瘩从身体里拿出来，丁娜一下就哭了，"以后都是上坡路了"，丁洁对她说。

　　吃完饭，我们去了海滩。一路哼着歌，太阳很大，把我们烤得滚烫，我们在一处游人稀少的浅水里游泳、打水仗。

　　我们在水里接吻，抚摸对方，我想和她在海里来一次，她说不行，"沙子会进去的"。

　　我躺在沙滩上，海水让我身体发胀，我第一次喝酒是十岁，在稻田草垛里睡了一天一夜。我父亲是个酒鬼，平时人不坏，那天又被他打一顿，我似乎找到了罪魁祸首，作为报复第二天偷走了柜子里的两瓶酒。

　　当我喝掉半瓶，奇迹发生了，我无忧无虑，不再疼痛。

　　丁娜枕在我腿上，手伸向空中划着云彩。

　　我想起我父亲，一年到头都在地里，他从不表达情感，也许没有情感，临死都没留下一句话，他死在一个炎热的夏天。邻居说，他在给小麦除草，忽然，停下动作，用锄头艰难撑着摇晃的身体，一头栽在地里。

　　父亲入土那天，我下定决心，就算栽倒我也不要栽倒在地里，初中一毕业，我离开了迷雾河。

　　去年有一天，一个工友找我，问我对公司仓库那些配件有没有兴趣。他得手过几次，说我人不错，想帮我一把。我过一天才拒绝他，向他发誓我不会告诉任何人，后来警察问我，我什么都没说。

还有一次，我刚来济南没多久，和一个儿时朋友在街头偶遇。他在济南一个工地当焊工，我请他吃了晚饭，他非要请我去洗脚，他向我保证是正规洗脚，我们进了街边一个洗脚屋，几个打扮妖艳的女人正跷着二郎腿闲聊。

"能洗脚吗？"他硬着头皮问。

"不能。"一个衣着暴露的胖女人说，"可以洗点别的。"说完她们笑起来。

我们在海滩一直待到傍晚，她捡了很多贝壳，我送了她一颗紫色的，她高兴得在我脸上亲了好几口。回去时我们逛了那条热闹的石板街，一人买了顶遮阳草帽，丁娜说口渴，我又买了两瓶冰镇汽水儿。我们戴着遮阳帽，拿着汽水儿走在路上，看上去和其他游客没什么两样。

回到旅馆，我们做了爱，那是几个月里最好的一次。

晚上，丁娜睡熟后，别墅音乐又响了起来，我悄悄起了床。

我走出房间，轻轻关上门。天空没有月亮和星星，一片漆黑，露台上什么也看不见，即便如此，你知道有些东西没有消失，天一亮它会重新出现。我走出旅馆，几盏路灯照亮了周围，四下无人，能听见山下海浪轻拂大地的声音。

铁门锁着，那辆"鱼叉"还在，我点了一支烟，从门缝往里看，别墅露台上，一群时髦的年轻人在聊天喝酒，抽"卷烟"，跟着音乐手舞足蹈，他们很年轻，二十出头的样子，那两个亲嘴的外国女孩也在人群中间。

我在想我二十岁在干什么，在一家大修厂当学徒，每天干十二个小时，丁娜在广州，做那份"烫手"的工作，丁洁和大学生谈恋爱，至于"马凯"，我不知道他二十岁在干什么，应该还没当上骗子。

我还能想起第一次见丁洁，那时她正托人把她弄到日本，去一家电子厂做研修生。丁洁一头好看的短发，穿着牛仔裤和一件白色T恤，她比丁娜小四岁，比丁娜漂亮一点。

"你就是老陈？"她从头到脚打量，朝我手一摊，"证件，我要好好审查审查你。"一副公事公办的样子，那动作没保持一秒钟就笑起来。

丁娜去厨房做饭，我和她在客厅聊了会儿，她让我对丁娜好点，不然会宰了我，还说等我们老了，没有孩子的话她来养我们。

她托我照顾她的乌龟"波派"，说等她从日本回来"必有重谢"。"波派"缺了条腿，是她半年前从垃圾堆捡的。"波派"住在一个漂亮鱼缸里，爬动时把小石子扒得哗啦响。

"你放心，老陈，"她看着我，脸上带着一抹笑，"我肯定会成功的。"那抹笑让我印象深刻，我认识的人都没有那种笑。

有人在屋里叫他们，露台上的年轻人哄闹着拥进去，眨眼工夫这些小杂种走得一个不剩。灯灭了，音乐声震耳欲聋，突然一阵闪光，响起欢呼和尖叫。我忙绕到别墅后面，一堵满是铁蒺藜的围墙挡在那儿，我踮起脚尖往里看，他们在二楼房间，窗帘拉着，里面在闪光，又是一阵欢呼尖叫。

我换个位置，爬上墙边一棵合欢树，沿着树杈走了过去，我小心翼翼，最后一脚还是滑了。

声音变小了，有点痛。

缓一缓应该能起来，两三个小时，或许更短，我已经感觉它在一点点恢复了，不管怎么说，比躺在别的地方要舒服一些。

但旁边有盏灯，如果他们再开，很可能会看到我，这是现在最担心的，我不知道该怎么解释。我开始祈祷，我不希望开灯，也不希望派对结束。

我希望丁娜明天醒来，不用等得太久。

迷雾河往事

离完婚，我把房子留给前妻，搬到深圳从头开始。收拾家时，无意中在一个杂物箱子里，找到了那条遗失多年的子弹项链。项链早已失去光泽，但拿在手里，依然很沉。

我曾以一个半山腰的仓库为家。

那时我生活在迷雾河，镇子位于贵州北部，毗邻四川重庆，方圆百里全是杳无人烟的原始森林。

镇子因迷雾河从中穿过得名，迷雾河属长江支流，只可行小型机帆船。那或许是我一生中见过最神秘的河，两岸山势险峻，耸入云霄，看不见究竟有多高，群山四季常青，河水却会随着季节更迭改变颜色，夏天红褐色，到了冬天变得碧绿，但不管冬天还是夏天，河面上始终弥漫着层层雾气，即使站在高处，也难以看清河道和小镇全貌。

镇上没有一块像样的平地，街道狭窄，房子像石头上的青苔，贴在山脚河边，层层叠叠，相互挤压、遮挡，好几次我都迷了路。

90年代煤矿大热，小镇曾繁荣一时，淘金者从四面八方汇集于此，街上你可以听到各地方言，迷雾河也成了个鱼龙混杂之地。

镇上赌博盛行，几家地下赌场终日人满为患，红灯区通宵营业，不少人在深山里种植罂粟，几乎每个黑煤窑里都能找到一两个通缉犯。

小镇往东出城，有一座废弃砖厂，旁边有条上坡土路，两边全是玉米地，路尽头有个小院子，院里那幢二层瓦房就是我家。

房子是以前生产队的粮食仓库，门前有一块杂草丛生的坝子，我总是能毫不费力捉到螳螂、金龟子、土狗儿这些小东西。房子后面是片阔叶林，天晴的日子里，在阁楼掀起窗帘往外看，蓝瓦瓦的天空，云白得发亮，还有灰松鼠晒太阳，抱着大尾巴蹲在枝头一动不动。可惜那样的日子不多，这里一年大半日子在下雨，尤其春秋两季，每天晚上袜子脱下来都湿答答的。

我爸以前在重庆一个叫璧山的地方当兵，也是在那儿认识的我妈，他退伍后在璧山一家国营机械厂做车间工人，那些年国营单位普遍经营不善，我八岁那年他下了岗，接着机械厂被贱卖。那段时间，工人们每天不是打着横幅上街游行，就是在县政府门口静坐示威，后来事情仍然不了了之。

我爸没参与过那些事，和他性格有关，他喜欢独来独往，从不与人发生冲突，即使刚下岗那几天，我也没听他咒骂过谁。我妈当时在县百货大楼当营业员，她不擅与人攀谈，还常把账算错，对不上就得自己往里贴钱。

那一阵我爸妈每天晚上商量我们一家的出路，他俩提了很多方案，又都被否决，不是没门路，就是缺本钱，有一天我妈突然想到她老家荒着的地，问我爸什么动物适合养殖。

"兔子。"我爸沉默良久后回答。他说小时候他们村家家户户养兔子，他是和兔子一起长大的。

我们去了达州，外婆家，爸妈用全部积蓄建了个养殖场，小小的，养兔子。但兔子养得并不顺利，即使长得不错，也没赚到什么钱，他们不懂销售，只懂养殖。

后来养殖也搞砸了，那些兔子不停拉稀，一只接一只地死掉，只留下几间满是石灰的兔舍。

不久我妈和外婆闹翻了，只能离开。这不怪我外婆，她不希望我们一家耗在农村，没有半点希望，我妈委屈极了，和外婆大吵一架。

一九九三年，我十一岁，我爸开着那辆两万块买来拉兔子的二手长安，带着一家三口，还有养殖场幸存的一只兔子，离开达州，沿着国道，一天一夜，来到迷雾河。

那是我人生最长的一次旅途，那只兔子死在了途中，停车休息时我在路边挖了个坑，往里面放了些它最爱吃的蒲公英，把它埋了。

在迷雾河，我见到了余力。

余力比我爸小五岁，一九九三年，他三十，体型比我爸更瘦更高，我爸永远穿着呆板的工服，他多数时候穿军靴牛仔裤，黑色 T 恤和风衣，脖子上戴一条子弹项链，他看着比实际年轻许多，在我面前更像个哥哥而不是叔叔。

余力和我爸一样当过兵，空军，曾经在迷雾河附近一个直升机场服役。他本想当飞行员，特意等了一年只为应征空军，最终做了地勤。我爸和他从小关系不好，甚至一度水火不容，这之前我都不知道自己还有个叔叔。粮食仓库是余力帮我们找的，不要房租，即便如此，我们一家和他仍少有往来。

安顿下来没多久，我爸在当地最大的永红煤矿，找了个修机器的活儿。那工作赚得不多却很辛苦，每天工作十二个小时，没有休息日，我爸刚去矿上不到一个月，出了起透水事故，死了三个工友。我以为我爸会换工作，但他在家歇了几天，又去了矿上，只是在那之后，每天晚上都要喝上几杯包谷烧，喝酒时，他总是端起杯子，凝视片刻，仰脖一口吞下，随即露出痛苦表情。我妈在家帮别人做一些裁缝活，她买了一台二手毛衣机，我常常在夜里醒来，听见毛衣机的刷刷声。

比起爸妈，我更喜欢和余力待在一起。有一次他带我去打游戏，我们独占了那台最抢手的"黄帽儿"，余力端来一大盒游戏币，我和他坐那儿打一下午，终于通关了游戏，惹得围观的小孩阵阵惊叹，走时余力把剩的币分了，让老板算账，老板连连摆手，说不收钱，余力还是给了他一张老人头。后来我单独去那游戏厅，再没混混招惹我。

余力让我不要碰游戏厅里的苹果机，我照他说的做了，他的话总是有种信服力。

来迷雾河第二年，冬天，下了好几场雪，格外冷。

开学前一天，吃过中饭，我守着北京炉看《奥秘》，突然院里传来汽车声。不是我爸的长安，那辆长安爬坡像个哮喘老头咳嗽。我连忙出门去看，是余力，开着他那辆银灰色桑塔纳。他开那车带我兜过风，还让我开了一小段，他在旁边指挥。

他从车上下来，穿着一件空军翻领皮夹克，戴一副墨镜，那条子弹项链还在胸前，看起来很精神。我已经几个月没见他了，我本以为他会和我们一起过春节。

我和我妈从房间里出来，余力和她打招呼。

"我哥呢？"他点了一根烟。

"在矿上。"我妈说，"你这阵去哪了？"

"南边。"他说着回头，我这才看到副驾驶上还坐着个人。

"有个朋友在车上，她有点怕冷。"余力说。

"我带余杰跟我们去打猎。"他抽了口烟，"上回答应过他。"

"他还有作业要做。"我妈说，"明天开学了。"

"我全做完了。"我大声说。

余力看着我妈。

"那你问他吧，看他想不想去。"我妈说完看我一眼。

"想去吗？"余力摘下墨镜拿在手里。

我立刻答应。

余力笑了笑，"去换件厚外套。"

我换好外套急匆匆往外窜，我妈一把拉住我。

"干嘛？"我急了。

她用警告的眼神看着我，我知道她想说什么，但最后什么也没说，在我胳膊上掐了一把，我痛得惨叫一声，冲出门去。

余力帮我打开后座门，车里暖烘烘的，放着黄家驹的歌，女人转过身，看着我，"你是余杰？"

她说她叫方妮，看起来二十出头，化了妆，身上有股好闻的味道，那是来自都市的味道，新潮、自信，她是那种小地方很少能见到的人。

车出了城，进入大山深处，公路变得狭窄，一边山壁，另一边是河，整个林区白色一片，河水无声流动着，比夏天从容，水面上的雾像一层薄纱。我说河水看起来很冷，方妮问我敢不敢和她一起下河冬泳，我死命摇头。

一路上方妮都在和我聊天，我不是那种自来熟的人，但很快就跟她无话不谈了。她问我年龄，我也问了她的，她说想听故事，我讲了诺亚方舟，那是刚刚在《奥秘》上看到的，书上说考古队在秘鲁发现了诺亚方舟的遗迹。她听我讲故事会转过身来，下巴搁在手背上，看起来很可爱。

她说我故事讲得好，一定很受女孩子欢迎，问我和班上哪个女孩关系最好，我说我同桌，《奥秘》就是她借我的。方妮问我在班上有没有喜欢的女孩，我跟她撒了个谎，说没有。方妮又问我学习怎么样，我说还可以。她认真地看着我，"书也别看太多，会变书呆子。"我想起了我妈，她总是让我多看书，说他们就是吃够了读书少的亏。

"该你了。"我说，"你讲一个。"

"可以呀。"她看着我，"想听什么？"

"都行。"我说。

方妮讲了个迷雾河的传说，大概意思是古时候有一个善良的山妖，修行千年，终于变成了人，他本来过着平静生活，却因为绿色的血被村民杀死，山妖的血流入河中，河水自此红绿交替，山妖冤魂也变成大雾，终日笼罩河面。

"山妖为什么一定要修炼成人？"我说，"当人有什么好？"

余力BP机响起来。

"你要不要开车？"余力问方妮，BP机响个不停。

"不要。"方妮抱着手，身体往后靠。

"别管他们。"她说。

余力关了BP机，很长时间没说话。

"你去的南边是哪儿？"我说。

"广州。"余力说。

"广州是不是很大？"

"你可以问方妮。"他说,"她家就在广州。"

"马路有你们学校操场那么宽,"方妮比划着,"车开得飞快,胆子小都不敢过马路。"

"以后你能带我去广州玩吗?"我问余力。

"他不会再去了。"方妮说。

"那你一直待在迷雾河了?"我问他。

"不,"方妮说,"过两天我们就走了。"

"要去哪儿?"我问。

余力问方妮,"你想去哪儿?"

"去个没人认识我们的地方,最好有海,我喜欢海。"方妮说,"我们可以去个海滨小城,最好是北方。"

"葫芦岛。"余力说。

"我只听过秦皇岛。"方妮说。

"葫芦岛有一所飞行学校,"余力说,"大街上都可以看到教练机在天上飞。"

"那就去葫芦岛。"方妮说。

车开了十几公里路,到了青龙峡,看见一块巨石,两层楼那么高,立在公路边,传说那是女娲补天剩下的石头。

车在巨石前停下,余力从后备箱取出一支猎枪。那是一支漂亮的双筒猎枪,枪管泛着冷光。他把枪递给我,我拿在手里，很沉。那是我第一次摸到枪，心怦怦跳，我在想，我是不是我们学校唯一摸过枪的。

我们顺着一条小路进了山，余力拿枪，背着包，走在前面，我和方妮跟在后面。

山里一片寂静，只听见脚踩在雪上的嘎吱声。

"我从来没打过猎。"方妮说，"你呢？余杰？"

"和你一样。"

"这山里有什么？有野猪吗？"

"当然有。"我说。

"蛇呢？"

"在冬眠。"

"你懂得可真多。"

我有些得意。

"余力，你说今天我们能遇到野人吗？"方妮突然问。

"可能根本不是什么野人。"余力回过头来，"只是没路走的人。"

远处传来一阵奇怪的鸟叫。

"什么声音？"方妮问我。

"猫头鹰。"我说，"我妈说听见猫头鹰叫不是好兆头。"

"我才不信那些，"方妮说，"我喜欢猫头鹰，猫头鹰很可爱。"

"我以前养过一只。"我说。

"是吗？什么样的？"

"一只小猫头鹰。"我说，"很听话，一拍手就飞到我肩膀，它喜欢在我头上站着不下来。"

"那它现在在哪儿？"方妮说。

"飞走了。"我说，"它喜欢吃肉，我家养不起。"

她有点失望。

上一个坡我停下来拉了方妮一把。

"谢谢。"她说。

我们翻过一个山头，余力指着下面一片茂密的灌木丛说，"那边能晒到太阳，野鸡喜欢待在暖和地方。"

我们靠近那片灌木丛，余力往里开了一枪，好几只野鸡立刻从不同方向飞出来，他朝天上又一枪，一只野鸡扑棱着翅膀栽了下去，我连蹦带跳地捡回来，野鸡尾巴上长长的彩色羽毛很好看。

我们继续往前，他在另一片灌木丛又打到一只，两只颜色有些不一样。

走到一个避风处，方妮说有点累了，余力放下背包，说在这歇会儿。

我和余力去捡柴，他问我打猎好不好玩，说他像我这么大的时候，经常被我爸揍。

"那时候我到处闯祸，每次都是你爸收拾烂摊子。"他说。

我把树枝抱在怀里，不知道该说什么。

"他退伍后我们没了联系，"他背对着我，接着说，"可我知道他什么时候结了婚，什么时候有了你。"

"你看过你爸小时候照片没？"他问我。

我说没。

"和你现在一模一样。"他说。

余力找来一把干松针，柴架在上面，点燃松针，火堆很快燃起来。

烤暖和了，余力教我打枪。

他向我示范装弹、开保险，如何瞄准、扣扳机。方妮坐在火堆旁，一直看着他。

他把一个苹果插在十米开外的树枝上，问我能不能打中。我站直身子，按他教的"三点一线"瞄准，一枪把苹果打得稀巴烂。

"真厉害！"方妮给我鼓掌。

余力拿着枪装弹，"你要不要试试？"他问方妮。

"我不要。"

我们在火堆边待了好一会儿，我觉得他们不想打猎了。

"你想去前面看看吗？"余力看出了我的心思。

我点头。

"你自己能行吗？"

"没问题。"

"小心野猪夹子，"余力拿过猎枪，帮我检查了子弹，"遇到危险就连开两枪。"说着把枪和子弹袋递给我。

"小心点，"方妮抱着余力说，"别走远了。"

我拿过猎枪独自往林子里钻，他们说什么，余力的话我没听清，"我喜欢坏的"，听见方妮说。

回头时，他们在接吻。

我想去更深的山里，打更大的猎物，我没把打猎当成游戏。我穿过一片树林，翻到一个坡顶，山下是一块杂草地，盖着一层厚厚的雪，草丛里能看到一些绿色，我突然有种预感，连忙趴下来，握紧了枪。

一只野兔，在离我不到五米的草丛里觅食，这是我第一次见野兔，灰褐色的毛在雪地上格外显眼。

我瞄准了它，有十足信心。它吃着草，耳朵来回动着，一有风吹草动就停下来，直到确认安全再继续咀嚼。那是一只精瘦的野兔，肚子是瘪的，我能看到它来时在雪地上留下的一串小脚印。

最终我没有扣扳机。

我抱着猎枪，躺在雪地上，想象余力和方妮此刻在做什么，我盼着自己可以尽快到十八岁，那时我以为人到了十八岁才可以谈恋爱。只是一想到离十八岁还有整整七年，我便感到一阵失落，仿佛十八岁是个多么遥不可及的目标。

很长一段时间，我就那么一动不动地望着天空，没风，空气湿冷，今晚可能会有一场大雪。

快到营地时我朝天开了一枪，枪声立刻回响在山谷。

"快来。"方妮招呼我，"土豆可好吃了。"他们正围着火堆吃烤土豆。

"打到什么了？"余力问我。

我摇头，把猎枪靠在背包上。

"没关系，今天我们收获够多了。"方妮说。

"一会儿你把两只野鸡拿回家，"余力说，"就说是你打的。"

我高兴地点点头，这两只肥墩墩的野鸡够我们一家吃好几顿了。

方妮用木棍从炭堆掏出两个土豆，拨到旁边雪里滚两下，捡起一个递给我，香气扑鼻。

"我刚说的，怎么样？"方妮问余力。

"我不是那块料。"余力说。

"我行啊。"方妮说，"我那么会做生意。"

"那我干什么去？"余力说。

"你什么也不用干，我养你。"方妮说。

余力笑了笑，望着那堆几乎熄灭的火，我经常在我爸脸上看到同样的神情。

"天快黑了。"余力起身说，"回吧。"

下山时飘起了雪，风呜呜响，余力扛着枪走在前面，想看看路上还能打到点什么，但什么都没遇到。

回到公路，天已经快黑了，一辆满是泥浆的警车停在余力桑塔纳前面，驾驶室旁站着个中年男人，穿件黑皮衣，有一张阴冷的脸。

"找你真他妈费劲。"男人声音沙哑。

"找我干嘛？"余力说，"事都了了。"

"情况有点变化。"男人扔了烟，看我们一眼。

"你们在车里等我。"余力说，跟着男人走到巨石后面。

方妮坐进驾驶室，我跟着上了车，她双手握住方向盘，一言不发地看着那块大石头。过一会儿，他们回来了，余力走在前面，黑衣男钻进警车，走了。

余力把枪放进后备箱，上了副驾驶，方妮看着他。

"这次我不跟你一起走了。"过了好一阵余力说，"他遇到点麻烦，要我帮他最后一次。"

"上次就是最后一次。"方妮急了，"你们不是说好了吗？"

余力没说话。

"你可以不听他的，你不欠他了。"

余力沉默。

"一开始就是个阴谋，你想被他控制一辈子吗？"

"你忘了是怎么答应我的了？"方妮抓着他胳膊。

"你冷静点。"余力看着她。

"他是不是威胁你了？"

"明天我先送你走。"余力说。

"走？去哪儿？"方妮说，"我要和你一起。"

"难道我们只能这样了？"她眼里全是泪花，"孩子要是在，都三岁了。"

余力目光移开了。

方妮突然用手擦了擦眼泪。

"我要去跟他谈谈。"她说着发动了汽车。

车在雪地里开得飞快，没多久我们追上了那辆警车，方妮在一座桥上逼停了它。

"你在车上，我去。"余力看了眼后视镜说。方妮没说话，下了车，余力跟过去，方妮到后备箱拿猎枪，黑衣男从驾驶室下来，站在车头前点了支烟，他衣服敞着，能看到腰间的枪套。

方妮端着枪，径直朝黑衣男走去，但他没有丝毫害怕的样子，方妮在说什么，黑衣男没理她，他只和余力说话，指着余力鼻子骂，方妮朝他举起枪，没想到他一把拽过枪管，顶住自己胸口，方妮没料到他的举动，差点没站稳，黑衣男一扬手，把枪口拨到一边，一声枪响传来。

我贴着后车窗看，黑衣男靠着车头，瞪大眼睛望着他们，他胸口被轰了个洞，血正从洞口往外涌，他的手下意识地找着支撑，最终还是失去重心，坐到地上，身下的雪染成了红色。

方妮扔了枪，跪在地上，她身体在抖。

余力回车里拿来毛巾，帮他按住伤口，不管用，黑衣男很快不动了。余力试了试黑衣男的呼吸和脉搏，起身看了看四周，抓住他胳膊往桥边拖，过了一会儿，我听见重物落水的声音。

余力很快回来，在地上找到弹壳，装进衣兜，捡起猎枪和那条沾满血的毛巾，放进后备箱，做完那一切，他扶方妮上车，我们快速离开了那里。

"冷。"车开了一会儿，方妮说，她额头上浸着汗水。

余力把暖气调到最大，让我把后座上的毯子递给她，"先睡会儿。"

方妮用那条毯子把自己裹起来，靠着车门。

"他们会枪毙我吗？"方妮说。

"放心，"余力说，"没人知道是我们干的，我们今晚就走。"

"我会在警察抓住我之前自杀。"

"不会的。"余力说，"我保证，警察永远不会来抓你。"

"你说没人知道是我们，对吗？"

"没人知道，"余力说，"雪那么大，什么痕迹都不会有。"

"我想雪再大一点。"

有好一会，没人说一句话，再过一会，余力打开了录音机。

天完全黑了，雪越下越大，车缓慢地在雪中穿行。车里很暖和，我不知不觉睡了过去，醒来的时候，车里放着轻音乐，是那种舒缓的萨克斯曲子，车灯下，雪花在风中飞扬，好像永远不会落下，余力专注地开着车，方妮像猫那样蜷缩着。

"余杰，"余力从后视镜里看我，"帮我个忙怎么样？"

我看着他。

"不要跟任何人讲今天的事，包括你爸妈，好吗？"

我点头。

过了界牌，路边房子多了起来，车驶上一条盘山路，能远远看到镇上的灯火。

余力把车停在那座废弃砖厂旁。

"就送你到这儿吧。"余力说，他说话声音很轻，方妮依然熟睡着。

我下了车，寒风让我清醒不少，正当我要往家走，余力摇下车窗，招手把我叫到跟前。

"这个拿着。"他把子弹项链取下来，递给我。

"以后你会记得我们吗？"他把手放在我肩膀上。

我没说话。

他收回手，掉转方向，把车开走了。

回到家，我妈没找我算账，她在工作间织毛衣，"今天接了好几个活，"我妈说，难得露出了笑容，"天要一直这么冷就好了。"

我爸还没回来，我吃了点剩饭，把鞋袜放在北京炉边烤上，钻进被窝睡觉，毛衣机刷刷声不再像往常那样催眠。

过一会儿，声音停了，我妈进了我房间，我装睡着了，她在我额头上摸了摸。

"十二点了，"她说，"你爸还没回来，他说今天要下井修机器。"

我起身，坐在床上。

"不睡了？"她说。

"睡不着。"

我妈开了灯，拿外套帮我披上。

"要不要我去找我爸？"

"太晚了，"她说，"明天你还要去学校。"

"不会有事的，你说呢？"

我看着她。

"你记着，你爸不是懦弱，他只是想活得体面一点。"我妈望了望窗外，突然说了那么一句。

"可我不想你以后像他一样。"她又说。

我看着我妈，她眼睛布满了血丝。

"你会好好读书吗？"我妈问我，她从没这么温柔和我说过话。

我点了点头。

在那之后我听到了熟悉的发动机声。我妈让我睡觉，她帮我关了灯，从外面带上门。

开学整整一个礼拜，我都像在梦游。半个月后，黑衣男的尸体被发现。那人是个警察，镇上传言他也是个黑帮头子，数宗谋杀案都跟他有关。

我在学校没待多久，高一那年我爸中了风，生活不能自理，我退了学，在迷雾河一个汽修厂干活。我妈除了织毛衣，还照顾我爸，她自始至终把我爸收拾得干干净净。

我爸去世不久，我和我妈离开了迷雾河，我去南方闯荡，我妈回到四川老家，两年后她再婚，对方是个退了休的中学老师。

那件事发生的第三年，有传言说余力死了，死于广州一场交通事故。我不相信，我觉得他和方妮很可能在葫芦岛，过着隐姓埋名的生活，我打开地图，在上面找到位置，多年后去到那个城市，果然看到满天的螺旋桨飞机。

搬到深圳一年后，有天傍晚，我在一家饭店等朋友，坐二楼靠窗。窗外是一艘法国总统戴高乐曾经专用的游轮，现在成了一家餐厅。

朋友发消息，说会晚到一会儿。窗外，"水手"领着一家人从舷梯上二楼甲板，进了船舱，那是个大家庭，老老少少十来人。

我注意到一个四五十岁的女人，独自从船舱出来，她走到船头，点了支烟，望着远处。过了会，船舱出来个年轻人，穿着崭新的飞行员制服，拿了件风衣，脚步轻快，那挺拔的身形看上去无比熟悉。

年轻人帮她把风衣披在身上，一起回了餐厅，直到我和朋友离开，再没有出来。

瀑布旅馆

"你觉得外面真在下雨？"她看着我，似醉非醉。

凌晨，下着大雨，斜对桌两男三女一直在摇色子，其中一男一女在桌下手指不时悄悄勾在一起。

没等我回答，她便开始透露她掌握的真理，她认为人一切感知都是神经电信号带来的，快乐、悲伤、醉酒后头痛、接吻时嘴唇的温度，全是以电信号方式传递到大脑，让你感知，假如你能控制这些电信号，就可以用意念创造一个世界。

"可惜，大多数人想象力不够，"她说，"上帝很可能是想象力最厉害那个，我们都活在他老人家的想象里。"

"我想象力还可以。"她这话让我莫名感到被冒犯。

"说不定我也是你想象出来的。"她说，"对我来说，人生意义就是去证实怀疑。"

"聊点别的？"我说。

她拿出一支女士烟，用一个漂亮的维纳斯造型打火机点上火，"你有女朋友吗？"

她半小时前约的我，问我现在是否有空喝一杯。我回，哪位？太乙真人，她很快答复，老被你踩脚那个。

我们是学跳舞认识的，交谊舞。有一天行里例行聚餐，餐厅电视在放交谊舞国际比赛，我一时心血来潮并意识到必须及时把握这种转瞬即逝的热情，当晚便从网上找了一家成人舞蹈学校。初级班只在周一开，于是每周一下班我都雷打不动坐半小时地铁去学跳舞。

她是我同学，第二节课才来，舞蹈学校里大家用网名，她叫太乙真人，二十七八的样子，短发齐肩，不爱说话，但不是沉默类型，跳舞谈不上认真也谈不上不认真，既不是最漂亮的，也不是身材最好的，正因为没什么特点，竟让我觉得与众不同。

尽管我刚刚关灯躺下，还是重新穿上衣服出了门。

我摇头。

"情人呢？"

我差点呛着，"不好说"。我喝光那杯酒，斜对桌这局到了白热化，"十二个五"，一个女孩喊。

"不好说？"她皱了皱眉。后来我了解到她没失恋，也并非心情不佳，只是单纯想找人聊聊天，虽然上课期间我们一次没聊过，并且已经结课两月有余。

她告诉我电话是从老师那里问来的，找我是因为我跳舞时从不使劲搂别人腰。她说了挺多，她是个无戏可演的演员，最近在看一些大部头的书，但比起看书她更喜欢在生活中观察，可也苦恼周围缺乏让她有兴趣的观察对象，大多数人她只见一次便可以想象出他一生，她还说到了脚踏几条船，后来不幸车祸离世的前男友，"这个打火机是我去希腊看他那次买的"。

"为什么不好说？"她问我，谈论自己时的毫无保留让她任何发问都理直气壮。

"她突然不见了。"

她满脸疑惑。

"不好意思各位，酒吧要打烊了。"酒吧老板调小了音乐，挨桌打招呼，两人把手收了回去。

"她是怎么不见的？"她看着我。

出了酒吧，她问可不可以去我家接着聊，我答应了，虽然我没和任何人提起过这件事。

一年前，燃消失了。

不是逃债、感情破裂，更不是谁想结婚，和对方或者别人。这甚至不是她第一次消失，第一次是三年前，消失了三个月，回来后没说去了哪儿，我也没问，我们继续约会，做爱，就像什么事也没发生，第二次是两年前，消失了半年，所以这次我竟多多少少觉得理所应当。

"她消失前有什么预兆？"

我摇头。

"一点儿没？"她审视我。

"你爱她吗？"

我没说话。

"那你，有没有找过她？"

我沉默。

她皱了皱眉。

"你最后一次见她是在哪儿？"她问，"还能想起她最后对你说的话？"

"雨还在下？"那天凌晨，燃醒来后问我。

"嗯。"我说。

"像梦一样。"她看着窗外。

"这是什么？"她走到阳台，看到了我的雨林缸。那是个两米多长的大缸，取名为深山见瀑，积水凤梨长势良好，铁线蕨青翠欲滴，宝石兰发出了新叶，缸内景观丰富，布局错落有致，林中那条雾气萦绕的瀑布是点睛之笔。

"你弄的？"她认真看着。

"嗯。"

"这瀑布挺有意思。"过了好一阵她说。我想起燃第一次来我家也盯着瀑布看了半天。

"你知道怎么分辨梦和现实？"她问我。

我看着她。

"在梦里，雨可以把衣服淋湿。"她说着伸出手，放在瀑布下，任水流冲刷。"但瀑布不会。"她掬了些水，慢慢倒回缸里。

之后我们一起给露露喂了几只虫子，那是只一岁雌性高冠变色龙，性格温顺，喜欢在我肩上趴着一动不动。

"我最近在想一件事。"她突然说。

"嗯？"

"爱可能只是种幻觉。"

我愣了一下。

"如果不是幻觉，"她转头看我，"那你为什么不去找她？"

我把露露放回笼子。

她没再问，也许早已见惯，每个人都有几个消失的情人不是么。

　　窗外，雨丝毫不见小，"今晚能住你家么？"她看着我。

　　洗完澡，我让她睡客房，她却问我可不可以陪她。
　　"我们不是非做爱不可，"她看着我，"对吧？"
　　我转过身，闭上眼睛。
　　"她叫什么名字？"过了一会儿，她迷迷糊糊问道。
　　"燃。"我说。
　　她没说话，轻轻打起了鼾。

　　之后一个月我们没再联系。那个月我见了热心工会大姐介绍的两个女孩，并和其中一个上了一次床，给雨林缸补了几尾鱼，驾照考试过了科目一，看了十五部电影，感冒一回，胖了三斤。

　　那天快下班时来了个中年女人，取了笔数额不菲的现金，给国外读书的儿子汇了笔美元，骂骂咧咧地走了，我刚喝口水，一个戴墨镜的女人过来坐下。

　　"进来就看见你了，"她摘下墨镜，"没想到你在这儿。"

　　"办什么业务？"我无心和她聊天，领导正好巡视到我面前。

这工作我干了整整五年，尽管领导是个欺上瞒下的杂种，但我实在不愿意换工作，那样一来势必还得进行一系列复杂面试，而我生平最痛恨被人刨根问底，况且即便换了个工作，也很可能会落到另一个杂种手里，杂种总是更容易当上领导。

她要开户，我知道了她名字，李梦鱼。"一会儿有安排吗？高逸。"她也知道了我的——工牌上写着。

"六点下班。"我把材料递给她，"右下角签字。"

"那我在这儿等你。"她戴回墨镜。

好不容易等我下了班却到处找不见她人，我出了银行，她居然在练摊儿，银行门口有个大姐常年在那卖外贸女装，现在老板变成了李梦鱼。

地摊前所未有围满了顾客，她看见我，像见了救星，说刚才出来抽烟，大姐正好有急事回趟家，让她帮忙看一会儿，没想到赶上一波行情。

我俩一个卖衣服一个收钱找零，一支烟工夫竟卖出去好几件，大姐回来十分高兴，硬塞给李梦鱼一条碎花裙作为答谢，她把包递给我，回来时眼前一亮，新裙子已经换上了。

她说附近有家挺有名的苍蝇馆子，很久之前来过一回，我没听过，让她带路。那家馆子藏得挺深，她还是凭着记忆找到了，饭点人多，我们运气不错，坐了最后一张空桌，点了几个招牌菜。

"这儿你没来过？"她说，"你眼皮子底下。"

我摇摇头，倒上啤酒，"你卖衣服挺像回事"，我说。

"你没听大姐说吗，"她瞧我一眼，"天生的衣服架子。"

"不考虑改个行？"我恭维她。

"是得考虑了。"她放下筷子，说她前一阵在横店拍戏，演了个弃暗投明的国民党女特务。

"你呢？"她端起酒杯，"最近怎么样？"

"老样子。"我和她碰了杯，旁边桌客人带了条小土狗，和我对上了眼，我悄悄扔去块排骨，它一口接住。

"她回来了么？"李梦鱼帮我倒上酒。

"谁？"

"还能有谁？"

我摇头。

"怎么不动筷子？想她想得茶饭不思？"她瞧着我。

"在减肥。"

"胖点挺好，我就看不上那些天天泡健身房的。"

"健身房怎么了？我也泡。"

"你和他们不一样。"

"哪儿不一样？"

"她做什么工作？"李梦鱼没接茬。

"摄影师，只拍胶片的摄影师。"

"你们怎么认识的？"她看着我。

我们认识很偶然，那天我去一家艺术俱乐部参加一个活动，俱乐部在郊区一栋90年代修建的大楼地下室，那儿总是组织一些特别的活动。

因为临时加班，到的时候他们已经开始了，七八个和我年纪相仿的男男女女在房间里或坐或躺，一动不动，他们正进行静物幻想体验，胸前贴纸上写着他们幻想成为的物体，有沙发、冰箱、熨斗，甚至还有卷发棒。

我多少有点难以理解，于是离开了俱乐部。回家的公交车上我睡了过去，醒来时，发现过了站，外面下着雨，车到了一片荒芜陌生的郊外，我又坐了两站才下车。

站台只有我自己，等了好一阵不见车来，雨幕中缓缓出现一个女人的身影，身材高挑，撑一把长柄黑伞，背单肩包，胸前挂着一台老式相机。收起伞，我看到了她的脸。形单影只，这是燃给我的第一印象，有的人就这样，不管一个人，还是待在人群里，都是形单影只。

她管我借火，我给她点上，她说谢谢。

天黑了，雨越下越大，除了雨声四周一片寂静，远处化工厂的深幽暗影是巨兽潜伏的绝佳之所。

先是听到几声神秘悠长的鸣叫，一条鲸从巨大的暗影中探出头来，它热身似的活动了几下，尾翼一摆，直入云霄，在天地间悠然游走。

不知何时，我对世界不再抱有期待。世界像一个套娃，每个人都有一层专属的世界，无数世界重叠一起，密密麻麻，各自为政。一开始，我试图融入，后来发现世界是无法融入的，意识诞生，隔阂便已形成。

毫无预兆，那个庞然大物朝我们游来，停在一个城市远郊杂草丛生的公交站台上，把我和燃包裹在腹中。星河在脚下静谧流淌，星云在头顶旋转，宇宙尽头如谜一样遥远深邃，一只白色独角兽从至暗之处朝我们飞奔而来。

随后鲸鱼游开，消失于天际，远远看见公交车朝我们驶来。

"介不介意给你拍几张人体？"她问我，语气就像和我早已熟识。

几天后一个晚上，她把我带到一个泳池，解放碑一带竟藏着这个妙处，泳池整洁崭新，池水清澈见底，水面上漂着新鲜落叶。

我脱光衣服，双手挡着下体从更衣室出来，她第一次露出了笑容。

"不用全脱。"她拍了一张后说。

那天她兴致很高，拍了许久，还让我帮她拍了一张，但我从没见过那些照片。

等我穿好衣服出来，池底灯开了，我看到燃站在泳池边，她脱掉裙子，一丝不挂地跳进透亮的水里，轻盈地游起来。

那之后，我和燃好上了。我们不常待在一起，约会总是在我家，做完爱，她往往会很快睡去。她睡着的样子像大地一样沉稳，仿佛永远不会醒来，但我醒来时她多半已经不见了。

偶尔做完她还不困，就会像猫一样趴在我身上，给我讲她小时候那些故事。

"什么故事？"李梦鱼看着我，那是一个人对一件事真正产生兴趣的神情。

"你见过身上可以吸住勺子的人吗？"那是她第一个故事的开头。

90年代中期，那时燃在贵阳生活，她父亲在一家政府科研机构工作，负责一个机密项目，在贵州地区秘密采访

UFO 事件目击者，以及传闻中的异能人士。燃六岁时因治疗腿的一些毛病休了一年学，由于母亲过世了，那一年父亲就带着她一起，开着那辆老旧的黑色桑塔纳，穿过空气浑浊的国道，人迹罕至的荒野，来往于贵州各个城市村镇。

每到一个地方，父亲先把她安顿好再出门办事，燃戴着腿部固定器，只能乖乖待在旅馆，看总是有雪花和噪音的动画片。

采访通常在旅馆房间进行，父亲会给对方泡一杯茶，再从单肩包里拿出裹着黑色牛皮套的"大砖头"，那是台索尼双磁带式采访专用录音机。他换好磁带，按下录音键，然后问对方一些问题。如果是套房，燃会在卧室无声地看动画片，如果旅馆没有套房，父亲也会让她待在旁边，不管怎么样，她都非常安静。

受访者中异能者很少，也更让燃感兴趣。磁力者是个五岁男孩，可以在胸口牢牢吸住三把不锈钢勺子，他父亲反复询问这究竟是好是坏；鸟语者是个养鸡大户，去年突然发现自己可以听懂鸟类语言，但由于口吃，无法和它们交流，上个月他低价转让了鸡场并准备彻底放弃养殖业；灾难预言者是个中年农民，他自称可以预感到全球未来将发生的地震海啸瘟疫甚至战争，却无法说出灾难发生的大致时间和地点，因此患上抑郁症。

绝大多数受访者是 UFO 事件目击者，他们的访谈通常冗长乏味，燃喜欢在我们即将睡去时，和我描述那些旅馆房间的气味，地毯水渍的形状，受访者的神态，纽扣款式，还有那些她听到的只言片语。

时间、眩晕、速度、飞碟、宇宙、存在、光、真实、虚幻……

多数时候这种采访是徒劳的，人们因为各种各样的原因编造谎言虚构真相，她看过太多次父亲深夜在阳台默默抽烟，却无法告诉父亲，其实她能轻易分辨出受访者是否在编造谎言。我问她如何分辨，她趴在我身上，停止亲吻，我想我从她眼睛里找到了答案，洞悉真相的人身上，往往带着巨大的沉默。

她说只有一个受访者让她困惑。

"什么受访者？"李梦鱼停止了一切动作。

"消失的人。"我说。

那天她患了重感冒。

在跟着父亲奔波的那一年里，燃住过各式各样的旅馆，只有那个旅馆让她印象深刻。

"什么旅馆？"李梦鱼看着我，当时我问燃的神情大抵也是如此。

"瀑布旅馆。"燃对我说。

那天他们从贵阳去迷雾河镇，途中那辆桑塔纳在盘山路上趴了窝，父亲花了很长时间才把车修好，晚上，下起了雷雨，他们到镇上时已是深夜。

旅馆一般都在镇上，父亲却穿过小镇，沿着迷雾河开了许久，经过一个小型水电站后过桥，往山里开去。雨很大，周围一片漆黑，直到亮着灯的瀑布旅馆出现在他们面前，借着闪电的光，燃看清那是一幢三层砖楼，背靠一处寂静山谷。

一下车，她立刻感到这里的寒冷，裹紧了外套。雨声很大，不时伴着响雷，她却隐约听到有个轰隆隆的声音从山谷深处传来。

睡觉时那声音更清晰了，她问父亲有没有听到什么，父亲早已打起了鼾。

第二天一早她醒来时父亲已经出了门，在茶几上留了早餐和纸条。吃了早餐，燃和往常一样打开电视看动画片，等着父亲，那轰隆隆的声音一直在她耳边萦绕，让她无法把注意力放在电视上。终于她关了电视，拖着那条不方便的右腿，出了门。

燃沿着旅馆身后的小路往山谷缓缓走去，轰隆声越来越大，当她绕过那处山壁时，一条十丈多高的瀑布跃然眼前。

瀑布从悬崖奔流直下，轰轰烈烈又如此隐秘，凭空而来却源源不断。她不自觉地越走越近，长久地凝视着它，内心仿佛正在被某种东西唤醒。

她不知道自己在瀑布下站了多久，直到父亲大声呼喊才缓过神来，衣服早已湿透，一回房间，不停打喷嚏，很快发起了烧。

"就是在那儿见到的？消失的人？"李梦鱼问。

燃点点头。

那人来时，父亲刚给她吃了感冒灵和磺胺，敷了冷毛巾。

受访者是个偏远山区民办教师，三十出头，她只记得对方穿着一件洗得有些发白的蓝色的确良。

陪他来的村干部说受访者自称总是会莫名地消失，有时候几小时，有时候三两天不等，没人知道他在那个时间段去了哪儿，连他自己也说不清。

"你能想起来些什么？"父亲问他，一旁的录音机嗞呜嗞呜地响着。

"基本上啥子都不记得了，"那人用迷雾河当地方言说，"只有些模模糊糊的画面会突然在脑壳头闪一下，比方说教书或者放牛的时候。"

"什么画面？"

"我讲不来，"他说，"有时候像在古代，可以看到古代那些马车和房子，有时候又像在未来，看到很多车和船在天上飞。"

"你是不是做梦梦见过这些场景？"父亲语气平静。

"不是梦，真的不是梦。"那人说。

"你怎么肯定不是梦？"

"真的不是梦，你一定要相信我，"那人说，"有件事我从来没和任何人讲过，我晓得你是省头来的专家，今天可以跟你讲。"

父亲看着他。

"我可以用意念移动东西。"

"你在说些啥子哦？"一旁的村干部显然不掌握这个情况。

"你是指意念移物？"父亲笑了笑，"这种事听过不少，没见过一次。"

"我成过。"他态度坚定。

"是吗？"父亲有些不屑。

"真的，我真的没骗你。"他有些激动。

"怎么证明？"

"如果我证明了，你是不是就相信我说的？"

父亲没说话，那人目光开始在屋里搜索，最终停在父亲面前倒放着的瓷杯盖上。

他凝神静气，盯着那个白色杯盖，时间一分一秒过去，杯盖纹丝不动，他的眉头紧皱起来，额头渗出了点点汗珠。

"可以了。"父亲说。

"马上。"那人并不打算停。

父亲望着杯盖，也皱起了眉。

像是谁的手不小心碰了下桌沿，杯盖非常细微地抖动了一下，紧接着，竟逐渐旋转起来，跳舞一样越转越快，最终掉下桌去，哐当一声摔得粉碎。

仿佛受了催眠，几乎在杯盖落地瞬间，燃失去了知觉。醒来后，采访早已结束，父亲正端着一碗热气腾腾的姜开水喂她。

燃说，那个民办教师是唯一一个她无法分辨真假的人。

虽然杯盖确实动了起来，但当时屋里包括她在内有四个人都盯着杯盖，并且希望它动，所以她无法确定究竟是谁的功劳，或者说必须他们四个同时发力，才可以移动一个微不足道的杯盖，又或者，只是她的一个梦。

"不好意思，"李梦鱼指了指外面，"我去一下。"我顺着她目光，有个男人正朝她挥手。

我起身去收银台结账，看着李梦鱼和那个颇英俊的男人聊天，关系好像不错。

李梦鱼和他拥抱道别，去了趟收银台，回来坐下。

"不是说好我请吗？"

"一样。"我倒上茶，喝了一口。

"你晚上有事儿吗？"她看着我。

正值晚高峰，我们坐地铁去了临江门，出了站，十字路口的红绿灯坏了，两边的车顶在中间谁也不让，道路堵得水泄不通，喇叭声响个不停，我们转进一条巷子后才安静下来。

"刚才那人是？"我随口一问。

"一个朋友。"她也轻描淡写。

"你们演员是不是朋友挺多？"

"还行吧。"她看着我，"你对我们演员是不是有什么偏见？"

"那倒没。"

"你知道刚才我看你工作的样子像什么？"

我看着她。

"像台点钞机。"

"你说什么都行。"

她得了便宜似的笑起来，在路边小卖部停下买冰棍，她说请客，我要了一根最贵的。

"我现在有点相信你是坏人了。"她说。

"现在相信也不晚。"

"那天，我还以为她是你编出来的，为了把我骗去你家听故事。"

"不至于。"我咬了一大口雪糕，直冻腮帮子。

"你笑什么？"我问她。

"傻子。"

那天我们在老城转了一晚上也没找到游泳池，最后还在巷子里迷了路，花很长时间才回到大街上。

"请问这附近是不是有个游泳池？"我不肯放弃，上前问一个树下纳凉的老头。

"我在这儿住了一辈子，"老头摇着蒲扇，"这片儿从来没得过啥子游泳池哈。"

"算了，"李梦鱼说，"我想回家了。"

"我送你。"

"不用，"她走到路边，"自己打车。"

我看着她上了车。

"再见。"她语气冷漠。

车开出视线后我收到她信息，只有两个字：骗子。

如果我告诉她全部真相，她恐怕更会认为我是个骗子。

见到李梦鱼时，我以为燃回来了。

除了发型她们几乎一模一样，身材长相，甚至声音。李梦鱼看我的眼神说明此前从未见过我，跳舞时我专门确认过，燃后颈处有一小块红色胎记，李梦鱼没有。

和李梦鱼跳舞时我大脑总是一片空白，老踩她脚。结课后，我决定忘掉这件事。

但她约我喝一杯的时候，我还是没能拒绝。

那天晚上，她睡着后，我一直看着她。好几次我在燃睡着的时候吻她，很久她才会醒，我们在半梦半醒间爱抚、亲吻。梦鱼睡得很浅，眼皮轻轻跳动，我翻个身她就醒了。

一个月我们没有任何联系，这个月我收到三张过失单，补考两次过了科目二，拔了两颗智齿，看了三十部电影，瘦了五斤。

那天是周末，前晚我梦到了那条鲸鱼，醒来后想到了李梦鱼。我躺床上发呆时她突然打来电话，说她现在在一家画室教油画，今天下班早，问我要不要一起吃个饭。

"你请就去，"我有些委屈，"大餐。"

"多大点事。"她答应得倒是干脆。

那是个零基础画室，我到早了些，观摩了一阵李梦鱼的教学活动。她正在教三个学生临摹梵高，一个十来岁小男孩，一个中年家庭主妇，一个六七十岁老太太，家庭主妇画得像煎鸡蛋，老太太画得最相似，小男孩画得最传神。

"去哪儿？"她穿着染满颜料的围裙，手里晃着画笔，"今天说好我请啊。"

我想半天，没思路。

"你家能做饭吧？"她画笔一挥，颜料正好弹我脸上。

我们去新世纪买了食材，一到家，直奔厨房，她掌勺，我打下手，初次合作，还挺默契。

她煎了牛排和烤肠，煮了锅冬阴功，拌了碗蔬菜沙拉。

"看不出来你还会画画。"我帮她盛了碗汤。

"我可是童子功，学了十几年呢。"她喝了口汤，眯起眼睛，"快尝尝。"

"不做演员了？"

"嗯，"她说，"所有事情你都无法掌控，好不容易遇到了喜欢的角色，也十有八九争取不来，出名之前就像超市里的菜，只能被人挑挑拣拣。"

"我喜欢现在的工作，睡眠也好多了。"她继续喝汤，

"艺术能被普普通通的人感知，才能称为真正的艺术，谁说的来着？"

"你这手艺跟谁学的？"我刀叉并用，大快朵颐，每样菜味道都不错，尤其牛排，火候恰到好处。

"自学成才，我爸妈做饭可难吃。"

"要喝酒吗？"我说。

"还用问？"

我开了两罐青岛。

"干杯。"我说。

"对了。"她用纸巾擦了擦嘴，"我找到那地方了。"

"嗯？"我叉起一根烤肠，看着她。

当我们站在泳池边时，我不敢相信自己的眼睛，铁门锈迹斑斑，岸边堆着厚厚的枯叶，池底缝隙长满了杂草。

"废弃很多年了，难怪没人知道。"李梦鱼捡起一把储物柜钥匙，递给我，"说本来要拆了建小区，产权纠纷一直没拆成。"

我轻轻一掰，钥匙断了。

"像一个谜。"她说。

"嗯？"

"我是说，燃，"她看着我，"难道你不想知道她的秘密？"

我没说话。

"谜底很可能在那个旅馆。"

"还在不在都是一回事。"

"你一点儿也不想去看看？"

"搞不好跟这儿一样了。"

她没说什么，坐在跳台上，喝着啤酒，过一会儿她把空酒罐捏扁了，往远处一扔，清脆的响声打破平静，在池底回响。

"没别的一点线索了？"她转头看我。

"什么线索？"

"她住哪儿？你去过吗？有没有什么东西落在你那儿？"

我摇头。

但很快我想起一件事，我们刚认识那会，她把一个箱子放在了我家。

"箱子在哪儿？"她一下来了精神。

我从客房床底下找出一个满是灰尘的箱子。那是个深棕色的老式皮箱，上面挂着一把生锈的锁，用锤子砸开，我和李梦鱼都呆住了。

箱子里装满了录音带，还有个索尼录音机，上面放着个档案袋。

我打开档案袋，里面是几卷胶卷底片，当初燃在游泳池给我拍的那些。

"对，是这儿。"李梦鱼展开胶卷对着台灯看了半天，"我认得后面那栋楼的形状。"

我们在客厅里一盒接一盒听那些录音带，里面是燃父亲和各式各样受访者的对话，尽管磁带很多，内容却大同小异，时间、眩晕、速度、飞碟、宇宙、存在、光、真实、虚幻……无非是那些关键词不断重复，真实、虚幻、虚幻、真实……

我们听了通宵，直到天蒙蒙亮的时候，李梦鱼找到了一盒特别的磁带，她发现那盒磁带上除了编号，还写着几个小到难以辨认的汉字：瀑布旅馆。

我小心翼翼把它放进录音机，按下播放键，屏住呼吸听，奇怪的是里面没有任何人说话，杂音却很大。

我们互相看了看，谁也没说话，就那么一直听，一直听，后来终于发现那不是杂音，而是瀑布水流声，我们躺在客厅地毯上，很快在这瀑布声中睡了过去。

醒来时，我们不知怎么抱在了一起，录音机早已停止播放，窗外哗啦啦下着大雨，稍微一动，她从我怀里醒来，抬起头，看着我。

我吻了她，她脸一下红了，我又吻上去，然后抱着她。

"下雨了？"

"嗯。"

"还以为你对我没兴趣。"她说。

"我怕你把我当成那种到处勾搭漂亮女孩的坏人。"

"知道你不是那种人。"

"有时候也是。"

"讨厌。"

"真喜欢我？"

"还用问？"

"如果有一天我也消失了，你会找我么？"

"上哪儿找？"

"我会给你线索，如果你想找的话。"

"好啊，让我看看线索在哪儿？"我挠她痒痒。

"痒，痒……"她笑个不停。

她很快搬来和我同居了，下班早会做好饭等我回家，下班晚我会去画室接她，她教我画画，我教她布置雨林缸。我们一起逛超市，一起看电影，一起照顾两只变色龙。前几天露露表现得有些焦躁，我打电话询问宠物店，老板说应该是到了发情期，于是我买了只一岁多的雄性高冠变色龙回来，梦鱼给它取名杏仁儿。可惜露露对杏仁儿并不感兴趣，总是躲着它，杏仁儿也便不再主动。有时候来了兴致，我和梦鱼就在客厅放着音乐跳上一曲，美其名曰给它俩树榜样。

半年后我换了岗，不再坐柜台，偶尔出差，新领导和我关系不错，我也顺利拿到驾照，买了车。

那半年里我参加过几次她朋友聚会，有时候可以见到一些电影里见过的新鲜面孔，好几个正在"火"的路上，他们不约而同地问梦鱼一个问题：你有没有后悔？

"后悔有什么用，"她说，"已经栽他手里了。"

"说得好像我妨碍你进步了。"我立即予以澄清。

"我确实很想做个好演员，"梦鱼又说，"不过，如果你问我这辈子最想扮演什么角色，就是现在。"

"说起来这么长时间了，我还没见过你朋友呢。"那天回去路上她和我说。

"我哪有什么朋友？"

"明天你有事吗？"

"没，怎么了？"

"我最好的朋友来看我，她想去泡温泉，"她说，"你给我们当司机吧。"

蒋溪是个空姐，在南航飞国际航班，和梦鱼从小一起长大，见面前就放出话，说"倒要看看让我们梦梦一见钟情的家伙有什么三头六臂"。

第一次见面就喜欢我了？我始料未及。

去温泉酒店的路上蒋溪一直在讲她和梦鱼小时候的趣事，欺负男生、捉弄老师什么的。"真看不出来你们是这种人。"我评价道。

晚上泡完温泉，我们在餐厅喝酒，蒋溪喝了酒更健谈，聊起她工作，说空姐这一职业早已不再光鲜，薪资也大不如前。

"真怀念90年代，"她说，"那时候空姐和电影明星一个意思。"

后来她聊到了感情，说很羡慕我们，"别说恋爱了，约会我都没兴趣"。

我跟她提起一个颇有些意思的小学同学，当年我们一起捅马蜂窝，用蚂蚱钓鸡，据说后来当上了飞行员，如今是南航机长，没准儿跟她能合得来。她问叫什么名字，我说只记得外号，梦鱼让我去问。

"算了，"蒋溪说，"喝酒吧，干了，你俩还喝不过我一个？"

梦鱼看到大厅有台白色三角钢琴，要蒋溪表演个节目，蒋溪也不推辞，径直走过去，坐下便弹，那是几首古典曲目的组合，她的演奏不亚于任何钢琴家，一曲结束，客人们热烈鼓掌，梦鱼鼓得最起劲儿，我看着梦鱼，"你们这帮人是不是个个都有手童子功？"

大概我样子挺傻，把她噗嗤一下逗乐了，看着我笑个不停。

"我们结婚吧。"我说。

"你到底喜欢我哪儿呢？"她问我。

针对这个看似寻常，实则暗藏危机的问题，我选择了那句最中庸也最保险的回答，"哪儿都喜欢。"

第二天，我们一同送蒋溪去机场，回家路上，梦鱼问我，"如果结婚的话，我是说如果啊，我们能不能只领证，不办婚礼？"

我欣然应允。

晚上我刷牙，梦鱼在客厅叫我，我出去，她正盯着瀑布看得入迷，一瞬间，我以为是燃在那里。她转身看到我，走过来，拿掉我嘴里的牙刷，和我吻在一起。

睡觉时，梦鱼习惯性地抱着我，我竟期望她转过身去，一直等着，后来她转身睡着了，我没开灯。

几天后，我去西安出了趟差，那天梦鱼休息，告诉我她打算把杂物间收拾一下，改成画室，我们约好等我回家就一起去买画具。打电话时我正在街头看皮影戏，还给她买了个皮影当礼物。

但我回到家，梦鱼不见了。她的衣服、洗面奶、吹风机甚至拖鞋，所有东西都不在了，电话成了空号，社交账号也注销了，就像从没出现过那样。

我在客厅恍惚地坐了一下午，发现桌上放着个信封，里面是一沓我在游泳池拍的照片。我一张一张看，看到那张燃的照片，如梦初醒。

我去梦鱼工作的画室，改成了钢琴学校。

我正常上下班，吃饭，健身，看电影，照料雨林缸，给两只变色龙喂食——它俩关系依然毫无改善。我开始彻夜失眠。

我想办法联系上那个当机长的小学同学，让他帮我找蒋溪，他查几回都说没这个人，问我是不是看错了名字，劝我别太钻牛角尖，说可以介绍更漂亮的空姐给我认识，我挂了电话。

出地铁时下起了大雨，我没带伞，回到家，浑身湿透地站在雨林缸前，苦苦思索梦鱼的去向。

我望着瀑布发了一阵呆，突然想起什么，把手伸过去，掬了些水，浇在脸上，反复几次，瀑布后面好像有个东西，取出来看，竟是那个维纳斯打火机。

我跟领导请了长假，去了贵州。

入贵州境后下高速，改走国道，那是一条河谷观光路，公路随迷雾河蜿蜒而行，两岸山势险峻，云雾缭绕，河水赤红湍急，我从没见过这样的景象，一路走走停停。

傍晚我到了迷雾河，现在是个旅游小镇。我穿过小镇，沿迷雾河一路往西，经过一个破旧水电站，过桥进山，工作人员说景区内只有一家旅馆。

三层砖楼，背靠山谷，外部是 90 年代的风格，里面已装饰一新，旅馆设施齐备、窗明几净，因是淡季，住客不多。

我拿照片给正在逗狗的老板看，问她是否对照片上的人有印象，我竟没一张梦鱼的照片。

"有点印象。"老板看了半天，"又好像没有。"

我收起照片。

"她叫啥子名字？我帮你在电脑里查一下？"

我说算了。

我要了个房间，住下来，去房间时看到一只黑猫悄无声息地穿过走廊，之后几天却没再见过它。

　　跟燃说的一样，在房间可以听到那轰隆隆的瀑布声，只是我不确定自己住的是否是燃当年那一间。

　　那一晚，伴着瀑布声，我睡得很好。

　　第二天起床时，天才蒙蒙亮，我沿着小路朝山谷走去，水声越来越大，绕过山壁，瀑布出现在我面前。

　　谈不上气势恢宏，也绝非涓涓细流，大小、高度和水量都恰到好处，说起来有些不可思议，它正是长久以来我心目中理想瀑布的样子。

　　我站在那里，久久凝视。

　　瀑布旁边有块水雾笼罩的岩石，我想燃当年应该就是站在那里，恍惚间，那里似乎出现了一个女人的身影，接着是另一个，两个身影渐渐靠近，最终重合到一起。

　　在瀑布旅馆那几天，我早睡早起，作息规律，每天睡觉前拨一次梦鱼电话，仍然是空号。

　　我认识了两个朋友，晚上他们在露台招呼我一起喝酒，中年男人是个画家，来这里写生，年轻女孩刚失恋，正在进行疗伤之旅。

　　"你有没有想过，你们都不是原来那个自己了，"他向女孩解释失恋原因，"但另一个时空，你们仍然相亲相爱。"他还告诉我们当地有个流传已久的传说，这个瀑布很可能是个平行时空入口。

"你们信吗？"画家问，"平行时空。"

"才不信。"女孩说。

"另一个我可能会信。"过了一会儿又说。

一周后，我回到重庆，辞了职，开了家雨林缸小店。

一切似乎在朝另一个方向发展，直到那天早上起来，露露和杏仁儿竟然抱在了一起，我以露露新婚为由给所有顾客打了八折。

那天生意格外好，午饭都没顾上，傍晚才发完最后一批货。关了店买菜回家，过天桥时天边晚霞灿烂，云彩一点点聚集，逐渐变成巨兽模样，一个熟悉的身影挡住了我。

她看着我，带着久违的笑容，世界安静下来，脚下车流如织，宛如一条宽阔的河。我再次听到那神秘悠长的鸣叫，遥远微渺，人群像游鱼一样从我们身旁穿过，晚霞落在他们身上，反射着斑斓的光。

漩涡

那天我下了班，路边等202，车没停稳人们便围了过去，我站到旁边点支烟，等下一趟，快抽完时一辆皮卡响两声喇叭停在我旁边，我瞧过去，振海从驾驶室探出身子。

"上车。"他喊道。

振海是我以前国营钢厂的工友，他开吊车，我用对讲机指挥他往哪儿下钩。

下工后我们常到大排档喝扎啤，振海总是一边喝酒一边骂。遇到长假我们会去南部山区钓鱼，带上帐篷，一钓两三天，钓到大鱼就找个农家乐，让厨师把鱼炖了，炒几个菜，再喝个痛快。

前年他去了威海，因为他老婆于英，她在威海一个造船厂当文员，办公室在岸边一艘坏掉的船上。

振海离开济南前一天，我们几个工友在"老地方"给他饯行，菜吃得差不多了，酒还不停上桌，开叉车的毛头怂恿振海和于英离婚，留在济南，其他人跟着起哄，我们不希望振海离开，他是个实在人，大家都愿意和他做朋友，特别是我，我觉得我工作离不开他。

那天振海醉成一摊烂泥，我和毛头送他回家，门口停着那辆皮卡，尾箱装满了行李，一块绿色帆布盖在上面，几条尼龙绳把四角拴得结结实实。

振海离开没多久我也不干了，陆续换了几个工作，前一阵在汽配城找了个活儿，目前还在适应阶段。

"这是要上哪儿？"

"回家啊。"我说，"还能上哪儿。"

"回家？"他嘿嘿一笑，"对不起，你今天回不了家了。"

振海告诉我他是上个月回来的，在一个钢构厂开 200 吨，他给于英打电话，说我要上家里吃饭，让多炒两个菜。

"太麻烦了吧？"我说，"随便找个地方得了。"

"少废话，我知道你什么意思。"他笑着说，他腮帮子宽而结实，胡子刮了，年轻不少。

我还记得上次送振海回去，于英让我和毛头"扔他到街上去"。

"你放心，"他说，"她现在不管我。"

"真怀念咱们并肩作战那段日子，"他说，"钢厂没咱多少人了吧？"

"厂子早晚要毁那帮杂种手里。"我说。

"想开点，抱怨不解决问题。"他没接我话，"我这两年变化就是心态平和了。"

"你号码怎么是空号？"他说。

我说换了号，手机还掉水里了。

"我有孩子了。"振海说，给我看钱夹里的照片。

"男孩，快一岁了。"他说，"你们呢，有孩子了吗？"

"快了。"我说。

于英像是变了个人，神采奕奕，穿着打扮时尚了许多，胖了些，更好看了，她对我很客气，不仅主动倒酒，还敬我一杯。

客厅有个橱窗，整整齐齐摆着样品，盒子上写着"除婴幼儿外一切人群皆可适用"，橱窗显眼处放着一块金灿灿的"明日之星"奖牌。

我问孩子在哪儿。"于英她爸妈帮我们带，"振海说，"等大点了再接回来。"

"没办法，"于英说，"如果哭一晚，第二天我们都上不成班。"

振海点点头。

"振海，什么时候把你那些哥们全叫家里来。"于英说。

"他们不喜欢来家里。"振海说。

"外面怕你们吃得不卫生。"她看看我说，"家里酒管够。"

"两码事儿。"振海笑着看我一眼。

"我把吃的给你们弄好就走还不行吗。"她说。

"有这话就够了。"我敬了她一杯。

走时振海送我到小区门口，我们互留电话，约了改天再聚。

回到家，屋里放着歌，邱静正打扫房间。邱静在一家商场卖化妆品，她喜欢打开电视调到音乐电台，一边听歌一边做家务，会唱就跟着唱，不过最近会的越来越少。

我跟她说今天遇到了振海。

"这下你开心了，"她拖把伸过来，用力推开我，"头号酒友又回来了。"

"你干嘛？"我看着她。

"真不知道你为什么那么喜欢喝酒。"她说。

我没说话，感觉她有点不对劲。

"我不知道你在外面什么样，"她用力拖地，"我只知道你一回家就很不开心。"

"我受够了。"她抬起头看我，眼里噙着泪水，她把拖把扔到一边，伏在餐桌上哭起来。

最近邱静情绪出了些问题，动不动冒出一些消极的词，说她讨厌做爱，想淹死邻居哭闹的婴儿，要和我同归于尽，还抽起了烟。

那天她在商场卫生间给我打电话，不说话，只是哭。我听她哭了整整两分钟还不知道发生了什么，最后她说没事，把电话挂了。

我认识邱静的时候她正为一段恋情所累，那人比她大整整二十岁，离过一次婚，是个卡车司机，有一辆按揭的"东风"，跑济南到上海那条线，邱静父母极力反对，说他给不了邱静幸福。

那人长了一张"不走运"的脸，很多人长着那样的脸，邱静给我看过他照片，她手机里，他们的合影。

邱静还是顺从父母意愿，打电话和他说了分手，说得坚决无情，我甚至有点同情他。

分手没几天，那人在张家港出了车祸，胳膊断了，货被附近村民哄抢一光，他在医院给邱静打了个电话，邱静有些动摇，买了张当晚去张家港的火车票，我跟她说，那是同情，不是爱，你给他希望只会伤他更深，她才把票给我。

"我是不是很残忍？"她哭着问我。

我握着她的手，告诉她一切都会过去。

一年后那人从黄河大桥跳了下去。那时候我和邱静结了婚，知道这个消息她难过了几天，还说过类似"如果当初我去了张家港"的话，不免让我担心，有的人就是如此，喜欢主动背负责任，责任成了生活根本，大街上我从没见过一张轻松的脸。

我坐在邱静身边，等她恢复正常，我抚摸她头发，希望让她好过一点，我喜欢她那头乌黑发亮的长发，有股森林的味道，晚上我要是闻不到这味道一定会失眠。

"我想忘掉那些标价签。"她哭着说，"只要一闭眼，那些东西就像海水一样往我脑子里灌。"

"我控制不了我自己，"她看着我，"我要疯了。"

"你只是最近压力太大。"我安慰她，"好好休息几天，别去想工作，很快会好的。"

她没说话。

"过几天我们去日照玩，"我说，"坐快艇，游泳，沙滩上晒太阳，我们可以住海边旅馆，推开窗能看见海那种，我知道价格合适的地方。"

她还是没说话。

"或者去草原骑马。"我又说。当电视机换成电台模式，电视画面会变成草原风光。

"你想去骑马还是去游泳？"

"骑马。"她说，泪水还挂在脸上。

"那还不简单，下个月去内蒙。"

"可我早没假了。"

"请病假。"我说，"到时候我帮你搞张住院证明，你想要肾结石还是阑尾炎？"

"再说吧。"她去卫生间洗脸，"我要睡了。"

我关掉电视，枯坐在沙发上又喝了几罐啤酒，刚才的事让我清醒了许多，我不喜欢清醒的感觉，尤其现在。

第二天，生活归于平静，也没人再提骑马。

我原本以为至少可以平安无事度过这星期，没想到周五晚上，差点又吵一架。当时我们在看中央六套的一部电影，那是个爱情故事，女主角怀上了前男友的孩子，最终还是得到了幸福。

"外国人怀孕照样抽烟喝酒，"邱静说，"而且她们好像不坐月子。"

"人种问题，"我说，"非洲人也不坐月子，你可以调查一下韩国和日本，朝鲜人要是不坐月子那是因为没条件。"

她白我一眼。

"那孩子是她全部麻烦的原因。"电影看完,我像往常一样分析总结道。

"也是你每次戴两个套的原因。"她说。

"我们情况和他们不一样。"

"别紧张。"她说,"你知道我不喜欢孩子。"

"你没必要说反话,"我说,"邱静,咱俩用不着这样。"

"用不着哪样?"她看着我。

振海的电话救了我,叫我明天去他家烧烤,叮嘱我一定要带上邱静,他说于英想见邱静很久了。

"我不去。"她说。

第二天我们睡了个午觉才出门。

"今天是世界烧烤日。"我拍着巴掌,想提前调动起大家情绪。

"天气预报说今天有暴雨。"邱静说,她跟同事换好了班。

"天气预报你也信?"我说着往窗外看,万里无云。

"要不要买点什么?"邱静问。

"不用。"我说,"振海自己人。"

"不好吧，我可是头回去。"她说，出门前她仔细化了妆，她曾经明确表示过，我那些朋友里只愿意见振海。

"那有什么关系，"我说，"我罩着你。"

"德性。"她说。

振海家在城南郊，我们坐上一趟直达他家的公共汽车，过去我就是坐那趟车和他会合，再一起开他的皮卡去钓鱼。

那是个欧式风格的小区，下了车，邱静在水果店买了些水果，从"凯旋门"进去。小区绿化不错，一楼住户都有个篱笆围着的小院儿，每个院子被主人精心照料着，有的种满蔬菜，有的是一片花草，还有个院子，种着好几棵樱桃，枝头挂满了泛红的果子。

"我也想有个这样的院子。"邱静说。

"你想种什么？"我问。

"想搭个葡萄架。"

"振海家就有。"

"真的？"她说。

远远就看到了振海家的葡萄架，枝繁叶茂，藤蔓铺得满满当当，振海在葡萄架下切肉，于英把切好的肉穿到竹签上。

"振海。"我喊。

"快进来。"于英推开院门,"刚还和振海说你们是不是快到了。"

"这是邱静,"我说,"这是于英,你得叫姐。"

"真漂亮。"于英说,"李威,你娶了个漂亮老婆。"

邱静脸有点红。

"这是振海。"我说。

"你好。"他对邱静说。

"我们来晚了。"邱静说,"没帮上忙。"

"没多少活儿,你们随便坐。"于英把装满肉串的盘子端到炭炉旁,炭火燃得正旺。"可以开始了。"

"我帮你。"邱静说。

"好啊。"于英说,"一起。"

我和振海坐下来,刚喝完一罐,烤串就端了上来,香气扑鼻。

"来点饮料?"于英问邱静。

"谢谢。"邱静说。

邱静烤的鸡胗外焦里脆,大受欢迎,"还有谁要?"她问。

我和振海举手,于英也说要,我嘱咐邱静多放点辣。

"你运气不错。"于英说。

吃得差不多了，我和振海开始专心喝酒。

"再来点？"于英看邱静杯子空了，拿起橙汁问她。

"我喝啤酒。"邱静把杯子朝我一推。

"我来。"于英说，她拿过邱静的杯子，涮涮，倒上啤酒。

"干一个。"于英举起橙汁说。

邱静把啤酒干了。

"女中豪杰。"振海朝邱静竖起大拇指。

"跟他学的。"她看我一眼。

振海从兜里拿出烟，给我递一根。

"小时候我家也有个葡萄架，"邱静说，"白天我和小伙伴在下面做作业，跳皮筋，晚上一家人纳凉，聊天。"

"还每年都有葡萄吃。"于英说。

"葡萄熟了我们能来吃吗？"邱静看着头上一串串小葡萄。

"到时候我给你们留着。"于英说，"你俩必须来。"

"真好。"邱静倒上酒，"英姐，敬你一杯。"

于英端起杯子，"我只能喝这个，我喝不了酒，"她说，"一点儿都不行，酒精过敏，一喝身上就起红斑，世界地图一样。"

"没事儿，"邱静说，"你喝饮料。"

"她确实不能喝酒。"振海对我说。

"有时候也免不了，"于英放下杯子说，"还记得刚毕业那阵参加个面试，就在酒桌上，每人面前摆三杯二锅头，经理说谁能连干三杯就用谁。"

"那时候还不认识她，"振海说，"不然肯定不让她去。"

于英看他一眼，接着说，"那两个一点没犹豫，把三杯干了，男生喝完，直接趴桌上了，女生喝完，满脸通红，一会儿笑，一会儿哭，我知道自己不能喝酒，可那时候真的很需要工作，只好硬着头皮喝了一口，转过身就开始吐，回去难受了好长一段时间，从那以后就滴酒不沾了。"

"谁得了那工作？"我说。

"不知道，"于英说，"我把女生送回家就走了。"

"那么操蛋的工作不干最好。"振海说，他把烟灰往空酒罐里弹。

"什么工作不操蛋？"邱静说，"上个月店庆，全场六折，我们开单开得手忙脚乱，全都疯了。"

"可以想象。"于英说，她认真听着。

"可一千块的东西，打六折也是六百啊。"

"很正常，"我说，"人和人本来就不一样。"

"你生气的可能不是这个，"于英说，"你气的是就算付出再多，也得不到回报。"

邱静看着她。

"有时候只是没选对方向，"于英说，"方向错了，走得越卖力，错得越远。"

"是那样，"邱静说，"可我没方向。"

"你能看到二十年后还是这样，今天不过是重复昨天，你觉得在浪费生命。"

邱静点了点头。

"我以前在船厂工作，"她说，"跟你情况一模一样。"

"你是怎么改变的？"邱静说。

"事业。"她说。

"对了，"邱静说，"忘记问你做什么工作。"

"与其说推销不如说是分享，我们分享的不仅仅是产品，更是一种生活理念。"

邱静看着她。

"阳光、积极、让人幸福、家庭和睦。"

邱静看我一眼。

"同时还能挣钱。"于英说。

"他们总开会，没完没了，"振海点了支烟，"就这点不好。"

"开会是必要的，同事间需要交流，需要相互帮助，鼓励。"于英说，"我们像亲人一样相处。"

"那种感觉一定很好。"邱静说。

"跟谁都亲热。"振海说，"不嫌累。"

我和他干杯。

"别理他们，两个俗人。"于英转向邱静，说要介绍一位伟大的导师给邱静认识，她告诉邱静那位台湾来的导师帮她找到了人生真谛。

"你只需要去一次，听听她说些什么，"于英说，"说得对不对，有没有道理，你可以自己判断。"

我没再听她们说话，和振海聊起钓鱼，他说在威海的时候偶尔会去海钓，一下午十几条。

"不过和钓淡水鱼感觉完全不一样，"他说，"钓淡水鱼才有成就感。"

"海鱼蠢得要死，"我说，"傻子都能钓上来。"

"我喜欢钓鲤鱼，最不好对付，小时候经常跟我爸去湖里钓，竹子做的鱼竿，我爸拿玉米钓，我用蚯蚓，我只能钓上来一些小鱼小虾。"他说。

"想钓鲤鱼最好用玉米，很考耐心，漂半天不动一下，只要动了，保证是大鱼。"他接着说。

"给你讲个故事。"我说。

我跟他讲了件我小时候钓鱼的事。

九三年夏天，我九岁，那时候我爸在贵州迷雾河林场工作，他一半时间伐木，一半时间搞养殖，我妈也在林场工作，只搞养殖，我在永义上学，平时住爷爷家，只有寒暑假才去林场生活一段时间。

林场在大山深处，那里没有游戏厅、旱冰场，没有闭路电视，还经常停电，附近只有一家小卖铺，冰柜里的冰棍没一根是保持原状的。

林场的星空很漂亮，在那儿我第一次看见流星，我问我爸那些星星闪一下就看不见了是怎么回事，他说那是星星燃烧后消失了，我不理解消失是什么意思。

"没了，找不着了。"我爸不厌其烦地解释。

我爸妈很忙，白天多数时间我一个人在家，周围没有和我同龄的小孩，我总是独来独往。

那个暑假，我过够了无所事事的日子，一天下午，决定干点不一样的，我从牛粪堆里挖些蚯蚓，拿上鱼竿和水桶，去了小河边。

天很热，烈日高挂空中，没风，树木低垂着，大地散出热气烘烤小腿，火辣辣疼。

路上没遇到别人，远处只有两个抓蜻蜓的小孩，似乎笑着，闹着，可我听不到一点声音。

我从没一个人钓过鱼，以前都是跟我爸去的，我喜欢守着水桶，看鱼仰在水面大口大口呼吸，能看一下午。

我边走边回想我爸是怎么做的，不由自主加快了步伐。

走到河边我才发现自己可能不是真想钓鱼，河里也看不出一点有鱼的样子，我找处树荫把东西放下，坐那儿发了阵呆，我在想爸妈此刻在哪儿，他们不在我身边时会不会是不存在的。

我想清楚了这个问题，开始准备钓鱼。我把一块平整的石头搬到河边当凳子，给鱼钩挂上蚯蚓，蚯蚓比鱼钩长，多出的半截来回挣扎，我觉得很好，容易引起鱼注意。

下了钩，漂刚稳住就沉了一下，连忙把竿提起来，半截蚯蚓还在扭，也许是眼花，我又把钩扔进水里，认认真真盯着水面，很快漂又抖了两下，连忙起竿，蚯蚓完好无损，它在试探我，这回我打算等到漂至少一半沉水里才动手。

我把钩再扔下去，漂还是像刚才那样轻轻动着，我告诉自己耐心一点，水底下有个狡猾的东西，等好一会儿，依旧如此，我找了个时机提竿，还是什么也没有，半截蚯蚓却不在了，我气急败坏，把剩下的蚯蚓往外面移，刚好遮住钩尖，我发誓一定要把这家伙钓上来。

　　这回漂变安静了，一动不动，我眼睛不眨地盯着，天气太热，盯一小会儿就开始犯困。

　　终于我看到漂细微地抖动两下，接着猛一沉，整个钻进水里，我连忙提竿，手上感觉到的力量让我大脑瞬间充血，情不自禁喊了出来，声音未落一条巴掌大的鲤鱼拎出了水面，它在空中摆着尾巴，浑身泛着金色的光。

　　我把它取下来，拿在手里，它像黄金做的一样，每片鳞甲都那样完美，我兴奋地环顾四周，想知道还有谁看到了如此精彩的一幕，我没找到抓蜻蜓那两小孩，只看见一个人从小路朝我走来，看不清他五官。

　　我把鱼装进裤兜，转身去提水。

　　河道上有个几米高的瀑布，我心想瀑布的水最干净，刚把桶伸过去中，像是谁用力拉了一把，我一头栽下去。

　　我掉进一个巨大的漩涡。那时我还不会游泳，我跟着漩涡转好几圈，到了潭底，觉得我正在死去，这时看到漩涡外，有个模糊的人影。嘿，我跟他打着招呼，见到你真好，你让我明白了一些问题，很重要的问题。

　　"怎么说呢，很快我平静下来，"我说，"我准备好了去死，我知道不合常理，可当时就是那样，我等着他们。"

　　"后来呢？"振海看着我，"那人救了你？"

　　"漩涡把我甩了出来，水流把我冲到浅滩上。"

我艰难爬起身，一抬头，刺眼的阳光让我一阵眩晕，差点又栽进水里。那人站在岸上，手里拿着一根长树枝，他的脸像是蜡融化后又凝固了一样，我有点恍惚，等他走远，才回过神，摸摸裤兜，鱼没了。

振海神情凝重起来。

这事我没敢跟爸妈提，那天我在河边晾干衣服才回家。

"这事不简单。"过了一会他说。

"什么意思？"我看着他。

"不是每个人都有这种经历。"他说，"我早说过你不是普通人。"

"你以后肯定会有大出息。"振海看着我，又看了下于英，她们刚刚进屋参观了橱窗，于英说着什么，邱静频频点头。

"你得随时做好准备，我预感着时机差不多要到了。"振海跟我干杯。

那天我喝了不少，邱静一反常态没拦我。

晚上我们打车回家。邱静挽着我的手，跟我商量辞职的事，她另一只手抱着一袋样品。

"这是个机会。"

"什么机会？"

"我的机会。"

"再考虑考虑。"我说。

"考虑什么？"她说，"于英做一年就拿了明日之星，你觉得我会比她差？"

我握紧她的手，过了一会儿，她望着车窗外黑压压的云，说，"要下雨了。"

车行驶在浑浊空气中，上高架那几个圈绕得我头晕。

远处一辆警车无声闪着警灯，我们和其他车一起堵在高架上，司机熄了火，点上烟。

"想吐。"

不知过了多久，听见一阵警报声，越来越远，邱静说，"怎么办？车走了。"

我想回答，嘴张不开。无数铁落在身上。

失去知觉的刹那，一个巨大的漩涡出现在面前。我被一股力量推着，向它靠近，漩涡里似乎有什么东西。

越来越近，我认出了他，依旧那副天真模样。

他看着我，漩涡外的我。

坠入

一声炸雷，我终于醒了过来。

床头仪器嘀嘀响，窗外下着瓢泼大雨，一道道闪电划亮黑夜。

我感觉大脑昏昏沉沉，身体像是架生锈的机器，费了好大劲才按响床头的呼叫铃。

护士很快来了，跟着两个年轻警察。护士问我感觉如何，我说头有点痛，她说昏迷了三天，还会痛一阵，她给我做了一些检查，告诉我血压有点偏高，其余一切正常。我问起沈渔，护士说她在这里守了三天，医生让她回家休息了。

我看了看墙上的钟，凌晨一点，"今天几号了？"我问护士。

"八月十四，"护士说，"不对，十五了，你想现在联系她吗？"

"等天亮吧。"我说。

护士走了，两个警察给我做笔录，寸头问，少白头记，我忍着头痛配合他们。

"编故事很好玩，是吗？"寸头听完突然翻了脸，"铐上。"

少白头拿出手铐，把我铐在床栏杆上。

"你们什么意思？"

"大半夜没工夫跟你兜圈子，痛快点，"寸头看着我，"人是不是你杀的？"

"我已经说得很清楚了，你们松开我。"我使劲拽手铐，那是我人生中第一次被铐住，我感到前所未有的耻辱。

寸头一把揪住我衣领，"人死在你家客厅，你家门窗紧锁，没有半点破坏痕迹，当天你妻子在外地，只有你能开门，不是你还能是谁？"

"为什么杀她？"他越来越使劲，我几乎喘不过气。

"我要找律师。"我看着他，"我要投诉你们。"

"嚷嚷啥。"少白头说，"配合点，对大家都好。"

"知道的我都说了，还要怎么配合？"我想到几起目击证人被当作嫌疑人屈打成招的冤案。

"行，喜欢耗着是吧，"寸头松开我，"老子陪你耗。"

"你在这儿看着他，"寸头对少白头说，"他什么时候想交代了，什么时候叫我。"

"等等。"我说，我意识到当务之急是联系上沈渔。

他回头看我。

"交代可以，我要见你上级。"我说。

一小时后，我见到他们上级。少白头把我带去一个办公室，那人穿着便衣，年龄和我相仿，眼睛深陷眼窝，布满血丝，他坐在办公桌前，桌上有台电脑，手边摆着卷宗和我的笔录，风衣挂在身后，衣角滴着水。

他示意少白头给我解开手铐。

"请坐。"声音低沉有力，"我姓文，是这案子负责人。"

"让他们出去。"他对少白头说。

少白头驱散围观的几个夜班护士，从外面关上门。

"我要打电话。"我说。

"案件侦办期间不能打电话。"寸头说。

文警官看了看寸头，寸头很不情愿地掏出手机，递给我。

我按了几个数字，把手机扔回去，瞟了寸头一眼，不说话。

"你也出去吧。"他对寸头说。

"先去吧。"他又说。

寸头瞪我一眼，悻悻地出了房间。

我和文警官相对而坐，中间隔着那张办公桌，窗外雨一点不见小，我从小喜欢这种天气，这种天气里我总是可以睡个好觉。

"能抽支烟么？"我说。

他给我递了烟和火。

"刚才他们有什么冒犯的地方，我向你道歉。"文警官看着我，"希望你理解我们，时间不多了，上面限期破案。"

"我要说的都在那份笔录里。"我说。

"笔录我看了，太粗略。"他说完顿了顿，"你说不认识女邻居，她却死在你家，你说认识凶手，被他陷害，又讲不出他具体信息。"

"里面没半句假话。"

"我需要细节，只有细节才能让我相信你的话。"

"估计你和他们一样，只会觉得我在瞎编。"

"不可思议的事情我听过很多，真真假假，"他身体前倾，双手紧扣放在桌上，"两者有本质不同，你知道我怎么区分？"

我看着他。

"谎言没有细节。"

"如果我完全配合，天亮能不能让我回去？"

"伤还没好，为什么急着出院？"

"今天是我爱人生日。"我说。

"如果你完全配合，"他看着我，"我向你保证，你一定可以陪你爱人过生日。"

"想知道些什么？"我把烟掐了。

他说在我讲整件事情之前，想先了解一下我的个人情况。"越详细越好。"

我看过不少探案电影，知道这是他们基本流程。

我叫徐坦，今年三十五，在贵州一个叫迷雾河的小镇长大，我爸是镇上的邮递员，我妈在镇中学当英语老师，一心想把我培养成外交家，第二个龙永图。

如他们所愿，我顺利考上了青岛一所大学，英语专业，只可惜毕业没能成为外交家，而是留在青岛做了外贸。

"死者是什么时候搬到你隔壁的？"他问。

"这得从我失业说起。"

这几年经济形势不太好，公司不景气，年初我失了业。

工作干了七年，离职手续只半天就办完，虽说有笔数额不菲的赔偿金，我还是倍感失落，沈渔觉得是好事，说我应该趁这个机会好好休息。

我回了趟迷雾河看父母，我和他们不太聊得到一起，在老家也没什么朋友，每天只能去云梦湖钓鱼，没待几天回了青岛。

先看到她的狗，那条杜宾，站起身恐怕有一人高，我刚出电梯被它吓一跳，它拴在 505 门把手上，朝我走了两步。

那天周三，沈渔不在家，我放好行李，打电话给沈渔，她在公司加班，怪我不早点告诉她。

"想给你个惊喜。"我说。她很高兴，说一会儿早点回来，我想起那条狗，问谁的，她说前几天隔壁那对小夫妻突然搬走了，新搬来个女的。"对了，洗衣机衣服我给忘了，一会儿记得晾一下。"

我在阳台抽烟，看见一个年轻女人坐在楼下长椅上，身材高挑，二十六七岁，那只大狗就在旁边，东闻闻西看看。

"她是做什么的？"

"不知道，"我说，"或许不用工作。"

"你说你不认识死者？"

"连话也没说过。"

虽说是邻居，是该认识一下，但我连招呼都不敢打，我一开始不知道那种狗叫杜宾，后来上网搜索烈性犬，才对上号，我很怕那种大狗，小时候被追着咬过好几回。

"你有没有注意到她平时和什么人接触？"他问。

那段时间我几乎每天待在家，感觉她除了遛狗之外几乎不出门，有天，我发现了一些异样。

回到家我开始找工作，不太顺，简历投出去都石沉大海，沈渔开玩笑说要养我一辈子。那天好不容易有个面试机会，摩拳擦掌准备一番，结果面试官暗示我在一家公司工作七年还没升职只能说明我不思进取。

我回了家，正巧看到她上了一辆车，黑色宾利，没上牌，停在我家楼下，我注意到每周三晚上，她会被那辆车接走。

"为什么周三你记得那么清楚？"

"周三是沈渔休息日。"我说。

一般周三我们都要出去，听音乐会，看美术展，我还记得那次本来我们要去看蒙克。我一边看电视一边等沈渔，她在紧急复核一组销售数据。

"你没去画展。"他说，"你去了家附近的公园。"

我愣了一下，说，"你们见过沈渔了？"

他点头。

本来我不想去了，沈渔怕我成天在家里太闷，非要我去，我一个人，提不起兴致看展，就去附近公园逛了逛，回到家，在楼下又看到了那辆宾利，就是这么回事。

"公园看到了什么？"

"和案子有关？"我问。

"当然，"他说，"你只管回答我问题，这样最省时间。"

工作日，公园人不多，我先去了游乐场，里面空空荡荡，游乐设备多半停着，无人问津，我想起小学五年级才第一次坐滑梯，心情不由得跌入谷底。我从另一条路往回走，半道听到有人唱歌，循着声音走到个亭子，一群老年人聚在那里，有个男的，黑马甲大背头，拿着话筒用美声在唱一首八九十年代老歌，我只听清一句"清风吹拂着童年的梦"。

这时，我看到一个玻璃罩子，亭子后面。走近一看，里面竟然有两只仙鹤，身子雪白，头顶鲜红。

"关于那两只仙鹤，"他看着我，"重点讲讲。"

一个小女孩猛拍玻璃，喊着"固斯！固斯！"，仙鹤对女孩无动于衷，一只一动不动蹲在地上，另一只迈着修长的腿在罩子里缓缓踱步。

说起来有点不好意思，这还是我第一次见到活生生的仙鹤。小时候我家电视柜上着锁，一次偶然，我看过一个动画片，名字内容忘了，只记得有个神仙驾鹤飞行……

突然，那只踱步的仙鹤停下来，转过头，用那怅然若失的眼睛凝视着我，顿时我有一种触电的感觉。不一会儿那只蹲着的仙鹤站起来，我才发现它身后有一只蛋，一只光溜溜的仙鹤蛋，孤零零躺在水泥地上。

"这两只仙鹤，你爱人说你们为此吵过一架，对吗？"

"这和案子有关？"

"你刚从昏迷中醒过来，"他解释道，"我需要检验你的记忆准确度。"

"我们从不吵架。"我觉得受到了冒犯。

晚上我们去了趟超市，路上她问我想不想换套海景房，她说她算过了，再过两年，我们就能凑齐首付。

我没说话，她问我怎么心不在焉，我跟她说下午在公园看见两只仙鹤，关在玻璃罩子里，罩子有面玻璃门，除此以外只开了几个气孔。

我告诉沈渔，那不是仙鹤待的地方，仙鹤不该关在罩子里，什么罩子，多大罩子都不行。

"我知道你的想法，我也喜欢仙鹤，仙鹤和天鹅一样对爱情忠贞不渝，一旦找到伴侣，会一生相伴，永不分开。"

"它们都不孵蛋了。"我说。

"它们还生了个蛋？"她拿着一瓶橄榄油找生产日期。

"对，"我说，"可它们谁都不去管。"

"那就是它们的问题了。"沈渔把橄榄油放进购物车，看着我，说，"它们已经没有野外生存能力了，放出去肯定会饿死。"

我几乎愣在原地。

"至少两只关在一起的，对吧？"她继续往前走。

我必须承认很多时候沈渔考虑问题比我全面，我们刚认识那会儿，她只是一家百货商场店面管理，几年后调去了集团旗下的奢侈品商场，没两年又提到店面经理，她很受上面器重，今年很有可能升总监。

他用笔记着什么。

"看来你和你爱人感情很好。"他停下笔。

"还有什么要问的？"我说。

"案发当晚你在哪儿？"他看着我。

我突然感觉头痛，像是谁正拿锥子戳我太阳穴。

"你还行吗？要我叫医生吗？"他问我。

"没事，"我说，"可能没休息好。"

"那我们继续？"他说。

我点点头。

"案发当晚，你还记得在哪儿吗？"

"在外面，"我说，"傍晚就出门了。"

"去哪儿了？"

"栈桥。"我说。

"你在栈桥一直待到半夜？"

"对。"

"为什么去栈桥？"

"见个朋友。"

"什么朋友？"

"其实不知道算不算朋友。"我说。

"如果你真去见了朋友，"他放下笔，"事儿倒简单了。"

"当然是真的，我发誓没半句假话。"

"如果你现在可以联系上这位朋友给你作证，"他说，"那么不用等天亮，你现在就可以回家。"

"联系不上了。"我说。

"什么意思？"

"我不想多谈，这朋友和案子没任何关系。"

"你这位朋友，恐怕和案子有很大关系。"文警官格外严肃地看着我，"你现在是本案最大嫌疑人，没抓到真凶之前想要排除嫌疑，除非有不在场证明，当晚你去见的这个朋友，就是你的不在场证明。"

"你要去见的人是谁，如果你真想今天回家，我建议你现在把这件事说清楚。"

我看着他。

"如果我说清楚了，你们真让我回家？"我说。

"我可以向你保证。"

"失业期间我认识了个女孩。"

她叫于佩，是保险理财电话销售，以前给我打过几次电话，很有礼貌，但没聊几句，那天又打给我，我认识那号码，还有声音，她声音听起来很疲惫，我告诉她不管怎样我都不会买保险，只是聊聊。

"你做什么工作？"女孩问。

"货代，货运代理。"我说，"贸易公司要出口商品，我帮他们联系轮船。"

"你们船什么样？"

"挺大，比泰坦尼克号还大。"

"你工作是不是很有意思？"女孩说。

"我叫于佩，"女孩又说，"能知道你名字吗？"

"徐文。"我说。

她是湖南人，喜欢草原，在呼和浩特上大学，刚毕业一年，大二旅游来过青岛，挺喜欢，毕业后干脆和男朋友一起来了这儿，但她说自己现在很迷茫，人生失去了方向，她让我想起刚毕业时的自己，我问她是不是处在既不知道自己想做什么，也不知道自己能做什么的状态。

她问我结没结婚，我说结了，我问她怎么知道我电话的，她告诉我每天她会得到一张名单，我号码在她的名单上，接通过没详聊的列为 B 类，属于可争取客户，这是她今天第三十五个接通的。

"看来今天任务是完不成了。"我说。

她不以为意，说不喜欢现在的工作，正打算辞职。我告诉她也许只是没适应。

"我也不喜欢我的工作，可我干了七年。"

"一直适应不了怎么办？"

"只能适应，"我说，"除非你知道自己真正想要什么。"

"真正想要？"

"也可能永远不知道。"

"那你呢，想要什么？"

她说她从没和别人聊过这么多，也不知道为什么要和我说这些。"以后可以偶尔找你聊聊天吗？在你方便的时候。"最后她说。

"除了你，还有谁知道这个于佩？"他问。

"没了。"

"你爱人呢？"

我不是故意想瞒她，那段时间沈渔正好外派去了珠海，他们公司有个不成文规矩，升任总监必须有外派经历，她争取了这个机会。

"这么说，所有事情都发生在你爱人外派期间，她才一无所知？"

"是。"

"她外派了多久？"

"大概三个月。"

"那好，现在从你爱人外派开始，讲讲三个月里发生的一切，包括这个叫于佩的女孩。"他说。

"我们没聊几次。"

机场送完沈渔，我去了海边，坐在长椅上，看人们钓鱼、喂海鸥、在礁石上敲牡蛎。

晚上，我躺在床上和沈渔煲电话粥，她问我是不是找不到昨天穿的衬衣，我问她在哪儿，她说在她身上。我们一直聊到深夜，互道晚安我还是睡不着，去客厅打开电视，喝啤酒，看纪录片《世界名枪》，没看多久电话震了一下，是条短信，陌生号码：现在方便电话吗？

我回：方便。电话随即响起。

"没打扰你吧？"她说，"我心里很乱，不然也不会这时候找你。"

我听着。

"自从住到一起，总感觉哪里不对劲。

"我们在一起挺久，他觉得该结婚了，然后要个孩子，可最近我俩每天说话不超过十句。

"你说，会不会是我的问题？我该欺骗自己吗？难道最后都会变成这样？"她问我，我一个答不上来。

"有没有一种东西，一旦拥有，就圆满了，再也不慌了？"沉默良久，她说。

"或许有吧。"我说。

"这辈子可能都遇不到了。"

"我以前想法和你一样。"

"现在呢？"她说。

我和她讲了我和沈渔的事。那天我一个朋友生日，我们大学一块搞乐队，我是鼓手，他是贝斯手，晚上他包了个海边酒吧二楼庆祝。我赶上加班，还让人指错了路，迟到挺久，到了发现乐队只去了我一个，我拿瓶啤酒，坐在角落。

我看到了沈渔，她靠着露台栏杆，和贝斯手女朋友聊天，我无法形容第一眼看到她的感觉，非要形容的话，像一条缸里的鱼偶然间瞥见了电视里的海。

过了一会儿，她一个人站在那里。

我上洗手间对着镜子整理发型，往嘴里喷了点清新剂，准备鼓起勇气去和她说话，我被一种神圣气氛长久笼罩，我告诉自己，这条鱼只要在海里游过一次，便死而无憾。我一出来，她身边又多了两个人。

后来大家围在一起玩真心话大冒险，她借口去露台抽烟，我也跟过去，可借完火，就不知道说什么了，我们抽着烟，沉默许久。

"《大河之舞》来北京巡演了，你知道吗？"她突然说。

我点头。

她告诉我《大河之舞》在国家大剧院连演了五场，那是她从小到大最想看的演出，下次再来就不知道什么时候了。

"还有机会。"我说，"你肯定能看到。"

"明晚还有一场加演，"她说，"可我明天有个会，我们领导很难说话，肯定请不了假。"

"那就不请假。"我说。

她看着我。

没买到卧铺，我们第二天一大早出发，坐十小时硬座去了北京。

我花高价买了位置绝佳的黄牛票，整个演出的确震撼，沈渔几度热泪盈眶，我也很受打动，其实昨天晚上回去买票，我才知道什么是《大河之舞》。

那是我们第一次正式约会，两个月后我们上了床。

"你爱我吗？"她问我，我们赤身裸体，紧紧相拥。

"你知道么，"我说，"你救了我一命。"

"我听过一句话，地球上，大概有两万个人适合你，就看你先遇到哪个。"沈渔说，我们一边吻着。

"对我来说，只有一个。"

"今天是我生日。"她说。

"以后你……每个生日，我都陪你。"

尽管沈渔父母不同意，嫌我是小地方人，一年后她还是和我结了婚。

"和你聊完感觉好多了，"她说，"我们做那种永远不见面，无话不说的朋友，好吗？"

"永不见面，无话不说的朋友？"文警官看着我。

我点头。

"你们还聊了什么？"

"几乎都和沈渔有关。"我说。

过了半个月，一天晚上她打来电话，说她分手了，搬去了公司宿舍。她声音听起来很不对劲，后来告诉我，她把孩子打掉了。

"你有没有最绝望的时候？"她问我。

结婚第二年，沈渔生了场大病，子宫里长了个肿瘤。

去病理室拿报告路上，我浑身都在发抖，看到结果我蹲在地上哭起来，哭一阵又拿起报告看，生怕看错一个字，直到发现引起围观，才站起来。

肿瘤让沈渔失去了生育能力。

文警官看着我，我感觉到他眼睛里某种东西开始流动起来。

"抱歉，有些事我可能问得有点多。"他说，"聊聊凶手吧，你说凶手是你一个小时候的朋友，叫桑泰？"

我点头。

"你是怎么遇到他的？"

沈渔外派没多久，我找到了新工作。面试很顺利，面试官认为我在同一个岗位上工作了七年，难能可贵。

新公司在海边，薪酬福利比上一家好，很少加班，老板和同事和气礼貌。

晚上我去花满都喝一杯，那是我常去的一家爵士酒吧，平时有乐队演出，去酒吧经过一个巷子，我感觉后面有人跟着我。喂，那人压低声音叫了一声，我装作没听见，加快步伐，觉得很可能遇到了打劫的。喂，那人又喊一声，声音比之前远了许多。我一直走到亮处才停住，回头去看，一个人也没有。

花满都生意不错，我只好坐了个角落，旁边有根柱子挡着，完全看不到乐队，不过我注意到柱子上贴了张通缉令，照片是个中年男人，说他叫蒋干，是个黑社会头目，涉嫌洗钱、贩毒，身负命案。

一个黑衣男人坐到我对面，把一个黑色手提箱放桌上，"刚才叫你怎么装没听见？"

我说不认识他，他说他是桑泰。

"他怎么证明自己是桑泰？"文警官问。

"我救过你命。"他说。

小时候我跟我爸钓过一次鱼，一条没钓到，却爱上了钓鱼。十岁那年暑假，有几天爸妈碰巧都出了差，我就每天去云梦湖钓鱼。

那天我在湖边坐了很久，漂扔下去像生了根似的，一动不动，我快睡着时，天边传来一阵轰鸣。那声音越来越近，越来越响，抬头一看，乌泱泱一群马蜂从远处飞来，像谁在拉一块巨大的幕布，天一下黑了。

我呆住了，蜂群突然调转方向，朝我俯冲过来。

"跳！"一个孩子拉着我跳进湖里。

沉入水中瞬间，无数马蜂扎进水里，下冰雹一样噼里啪啦，我憋了半天气从水里探出头，整个湖面都是马蜂尸体。

这事只有我俩知道。

桑泰告诉我他来镇上看外婆，假期我们常玩在一起。

通常他来找我会在外面学鸟叫，如果爸妈在，我也学鸟叫，他就爬到阁楼上找我玩。初中开始我上了县城的寄宿学校，和他断了联系。

我问他为什么消失这么久？现在在做什么？

"我只能告诉你，我替人解决问题。"

"不错，"我说，"不必朝九晚五，也不用坐在格子里。"

他冷冷地看着我，"我的事你知道越多，麻烦越大。"他朝我靠了靠，"你只要清楚一件事，我从不伤害朋友。"

他点了支烟，说他需要个住处，问我家里还有谁。

我带他回了家，等电梯时遇到了女邻居和她的狗，电梯里还有一家三口，进去后我正好站在那条杜宾旁边，电梯上到五楼，杜宾把头凑过来，我立刻起了一身鸡皮疙瘩，但它只是舔了舔我的手，门一开，跟着主人出了电梯。

我把桑泰领到客房，把钥匙和门禁卡给他，他没接，一手拎手提箱，一手扶门。"我借住这段时间你不能进我房间，事情处理完我自然会离开，明白吗？"说完他关了门。

"他住在你家，你一点异常也没察觉吗？"文警官问。

他房门总是紧闭，我怀疑多数时候都不在。有次我敲他门，想确认一下，我在打电话，有些内容我不想让他听到。

"什么内容？"他问我。

那天公司聚会，我喝多了，回到家躺在沙发上看电视，有个台在放泰坦尼克号。电话响了，是于佩，她说想和我聊个事，一个她很想弄明白，却没法跟别人聊的事。

"什么事？"我问。

"性。"她说女人很难把性和爱分开，男人好像可以分得很清楚，她不了解男人，想知道男人怎么看待这件事。"男人真是下半身动物吗？爱和性究竟是什么关系？"

我告诉她我对这个没研究，她却很坚持，"可我真的想知道，我们不认识，你又结过婚，而且我们无话不说，对吧？"

我让她等一下，起身，敲了敲客卧门，没反应。

"后来你们聊了些什么？"他问。

"这也需要告诉你？"

"如果觉得不方便，"他说，"可以不讲。"

"没什么不方便，"我说，"我们没半点见不得人。"

我告诉她不是所有男人都是下半身动物。

"你的意思是，你不是那样的人？你只有爱一个人才会和她上床？"

"大多数情况下吧。"我说。

她问我们结婚多久了，我告诉她七年零五个月。她又问，两个人在一起时间长了，会对彼此身体厌倦，是不是因为爱在消退？

我没说话。

"你对她厌倦了吗？"她说，"我这么问是不是不太礼貌？"

我没觉得有什么不礼貌，只是不知道该如何回答，但我还是告诉了她上个月的一件事。

我去接沈渔下班看电影，整个办公室关了一半灯，只有我们两个人，沈渔还在处理工作。

"你快点，电影要赶不上了。"

"好了，换完衣服就能走了。"沈渔终于关了电脑，收起文件夹，进了更衣室。

她刚脱掉外套，一回头吓一跳，面红耳赤，"你干嘛？"

我亲了上去。

"电影……要……赶不上了。"她说，"门开着呢，一会儿……人来了。"

我们没去关门，也没发出一点声音。

"你们可能是个例外。"

我没说话。

"你是不是在看泰坦尼克号？"她问我，"演到哪儿了？"

"杰克快死了，"我说，杰克泡在冰冷的海水里，奄奄一息，"他为什么不再找一块木板？"

"他要是故意的呢？"

我没太懂她这句话的意思。

文警官拿起笔记着什么。

"你怀疑过桑泰目标是你邻居？"他问我。

"一开始我以为他只是想找个住处。"我说。

那天周三，我出外勤，回来得早，那辆宾利准时停在楼下。我刚把车停好，看到桑泰正掀开窗帘，注视着女邻居上了车。

回到家，我犹豫了一会儿，还是敲了他房门，我想和他聊聊这事，我很怕到时候惹上不必要的麻烦。

桑泰警惕地看着我。

"一起吃个饭？"我说。

"有事儿，一会儿要出去。"说完关了门。

晚上，桑泰出门后，我打开他房门，里面很整洁，黑色手提箱就在桌上。

没想到轻轻一按箱子开了，里面是一把巴雷特狙击步枪，我是看《世界名枪》知道型号的，除此之外里面还有本旧书，《在轮下》。

我把箱子关好，放回原处。

晚上我一直注意着桑泰什么时候回来，等到凌晨两点，没听见一点动静，不知不觉睡了过去。

第二天我夜深才到家，刚下车，遇到桑泰，拎着他的手提箱，说要走了。

"事情办完了？"我怀疑他突然离开另有原因。

"差不多，"他说，"一起走走？"

我们去了附近公园，大门关了，翻墙进的，四周黑黢黢，树影在碎石路上摇晃，走到游乐场，游乐设施石化了一样一动不动，野猫悄然从身后跃过。整个公园只有亭子还亮着灯，由于灯光颜色和亭子形状，看起来颇为惊悚。

他领着我往亭子走去，路上他说，有什么想问的，现在可以问，我问他这些年是怎么过来的。

"说来话长。"

"这行，难吗？"

　　他告诉我杀人很容易，到了射程范围，瞄准开枪，但如果想全身而退，那就难了，必须等待一个完美时机，也许一年，也许十年，也许一辈子。

　　"你来杀隔壁那女人？"我说。

　　"和她有关。"他说。

　　我问他一般杀什么人。

　　"什么人都行，"他说，"包括我自己，只要出价合理，反正人总是要死的。"

　　"我从没杀过庸庸碌碌的人。"他又说。

　　我沉默。

　　他说为了感谢我，可以免费帮我解决一个人，我当时第一反应是前上司。我们走到玻璃罩子旁边，两只仙鹤正在睡觉，这回我没看到那只蛋。

　　他用手电往里面照，问，"这是什么？"

　　"仙鹤。"我说。

　　"仙鹤？"他有些激动，"你确定？"

　　"这帮杂种，居然他妈的把仙鹤关在罩子里。"

　　"来，帮我照着。"他把手电递给我。

　　我问他要干嘛，他不说话，旁边搬起一块石头，看准位置，往玻璃罩子砸去。

　　"快走。"他边后退边说。

公园外，他和我道别。

"我们什么时候再见？"我说。

"说不准。"他点了一支烟，"有个问题你得说实话。"

"什么？"

"箱子，你是不是动过？"

我承认了，他看着我。

"下不为例。"说完他转身消失在夜幕。

"那天到案发之间，你有再见过他吗？"文警官问我。

"有一次。"我说。

即便桑泰否认，我还是怀疑他的目标是我隔壁那女人，我想过提醒她，或许这样就可以避免悲剧发生，但一件事让我打消了这个怀疑。

有天晚上，我陪客户吃完饭，准备回家，打开车窗点上烟，丢小广告的时候，看到那辆黑色宾利从旁边开过，女邻居坐在后排。

跟了两条街，宾利停了，她走进一条黑巷子，进了个地下酒吧，里面人很多，找了半天，才又看到，包厢门口，两个彪形大汉守着，女邻居和一个中年男人在争执，男人把她推了进去。

我认出那是通缉令上的男人，我看到桑泰也在人群中盯着包间，但转眼不见了。

我以为桑泰住我家不过是为了接近女邻居，好顺藤摸瓜找到通缉犯的藏匿处。

"你看清楚了？确定那人是蒋干？"

我点头。

"好，"文警官说，"现在你详细回忆一下三天前，案发当晚的情况。"

事情发生那晚，我本来要去见于佩。

前一天晚上，她给我打电话，说她辞职了，过两天去上海，准备重新开始，走之前想和我见一面。

"像朋友那样道个别。"

我答应了，我们约定第二天晚上七点栈桥见，她告诉我她会穿一条绿色裙子。

路上我有些犹豫，在一个十字路口等红灯时，很多人在路边仰着脖子看，我打开车窗，商场楼顶，一只雪白的仙鹤正在梳理羽毛。

电话响了，是沈渔，她告诉我外派提前结束的申请批准了，明天回来，问我要不要去机场接她。

我在一个能看见栈桥的地方停了车，栈桥上，一个穿绿色裙子的女孩，靠着栏杆看着大海。我看着她背影，没等转过身，离开了。

我给她打电话，请她原谅。

"你来过，对吗？"她说。

我说以后还是不要再联系了，希望她理解。

"这是我们最后一个电话了，对吧？"

"对。"我说。

她说可不可以毫无保留地聊最后一次，我答应了。她问我是不是多多少少有点喜欢她。我没说话。

"我还不知道你样子，我们交换照片，好吗？"她说，后来又问我想不想看她的，我不用给她。

我还是拒绝了。

"你也不叫徐文。"

我默认。

"能告诉我你名字吗？"

"要下雨了，快回去吧。"说完我挂了电话，关了手机。

"你回去正好遇到了凶手？"他问。

我是被雷声惊醒的，醒来时外面下着大雨，天已经黑了。回到小区，我停好车，删掉于佩的通话和短信记录，拉黑了号码。

　　小区停电了，估计是变电站遭了雷击，去年雷雨季遇到过一次。我下了车，顶着一件外套匆匆往家走。

　　上楼时我和一个男人擦肩而过，戴着帽子口罩，我听到505的狗在叫。

　　回到家，一道闪电把房间照亮，一切都晚了。

　　我冲出去，拦住他，是桑泰，他把我打倒在地，驾车离开，我开车追出去。我在郊外追上他，猛踩油门，准备强行超车把他逼停。

　　我眉骨破了，血流到眼睛，很影响视线，快超过他时，遇到个弯道，前方一辆冷厢货车急促鸣笛，迎面驶来，我下意识猛打方向，失去控制，翻下山坡。

　　"之后的事你都知道，"我说，"我醒来就在这儿了。"

　　凌晨四点，窗外雨一点不见小。天一亮可以回家，见到沈渔，想到这些我困意全无，现在只希望文警官信守承诺。

　　他久久地看着我。

　　"你爱沈渔吗？"他突然说。

　　"当然。"

　　"你想过跟她分开吗？"

　　我觉得自己受到了严重的冒犯，我发现自从我清醒，就他妈的一直在被冒犯。

"如果你爱上了别人。"

"莫名其妙，这些和案子有关吗？我知道的全都说了，我要回病房了。"我站起身。

"请等一下。"他说。

"你的故事的确天衣无缝，"他看着我，"不过还有另外一个版本，你想听么？"

"什么意思？"

"接下来，不管我说了什么，你不要激动，"他看着我，"每一件事，我都能拿出证据。"

我看着他。

"我们在你家没找到其他男人的指纹和毛发，小区监控也没发现任何可疑人员。"

"他当然有办法隐藏自己，他是个杀手，做事当然不留痕迹。"

"你父母来看过你，他们和我说了一些你小时候的事。"

"他们来过？"我说。

"你说桑泰找你会学鸟叫，如果父母不在，他会从窗户翻进来，对吧？"

他给我一张阁楼的照片，我认出来那是我小时候住的地方。

"外面没有任何攀爬的东西，即便成年人也不可能从窗户翻进你房间。

"他们说你有一次独自去钓鱼，偏要走一条无人小路，用鱼竿捅了个马蜂窝，被马蜂蜇晕，一个放羊的把你送到卫生院，你才捡回一条命。"

"这说明不了任何问题。"我说。

"桑泰是你幻想出来的。"他看着我。

"看看这个，"他递给我一个借书单，"《在轮下》是你上个月从图书馆借的，你叫他桑泰，因为他有时候出现，有时候消失。"

"你怀疑我在骗你？我把知道的都告诉你了，你自己说的，你可以区分谎言真相。"他把我惹急了。

"我们在你汽车后备箱里找到了女邻居的尸体，她死于窒息，法医在她体内提取到了你的体液。"他递给我一份材料，"这是现场照片和法医鉴定书。"

我接过材料，大脑顿时一片空白，一定是桑泰嫁祸给我的阴谋。

一些画面在我脑海里闪回：遮天蔽日的马蜂群，黑色手提箱，我挨他那一拳，我们开车在公路上追逐。

"我百分之百确定有桑泰这个人，"我说，"仙鹤，他砸烂了关仙鹤的玻璃罩子，公园肯定有监控，你们把监控调出来就可以证明我说的！"

"想看监控是吧？"他敲了一下键盘，把办公桌上的电脑转过来，对着我。

那是一段监控录像。深夜，玻璃罩子周围空无一人，一个戴口罩的男人走过来，观察了仙鹤位置，又看看四周，不一会儿消失在画面中，再次出现怀里抱着一块大石头，只见他举起石头朝玻璃罩子狠狠砸去，迅速离开了现场。

他调出一张男人面部截图，"砸掉玻璃罩子的不是别人，正是你自己。"

那人确实和我有些像。

"这是你第四遍看这个录像。"他说。

"你说什么，我听不懂。"

"我这里还有个新录像。"他又敲了几下键盘，屏幕开始播放另外一段监控。治疗室里，我挣脱了保安控制，从窗户跳出去，另一个室外的监控镜头显示我跳出去后滚下碎石坡，一动不动躺在排水沟里。

"你身上的伤就是这么来的。"

"不，"我大喊，"那次车祸我记得清清楚楚，你休想骗我！"

"车祸是有，不过那是几个月前的事了。"他看着我。

他说我是去海边抛尸路上发生的车祸，昏迷了三天。醒来面对警察审讯，否认杀人，说真凶是一个叫桑泰的杀手。

　　警方把我送来治疗，在证据帮助下我逐渐认清了真相，可每到雷雨天，我就会抹掉车祸后的记忆，沉浸在自己编造的故事中，并且多次试图逃出医院，碰巧现在又是雷雨季节，他们只能一次次重复这个过程，在我打伤医护后，他们对我会诊，决定对我进行一次彻底治疗。

　　"我是你的主治医生，相信我，这次治疗对你来说至关重要，"他看着我，"如果再失败，那是我们所有人都不愿意看到的局面。"

　　他递给我一个病历本。

　　我颤抖着接过，上面写着，人格分裂，极度妄想症，患者在头脑中孕育了一个完整且荒诞的故事以逃避现实。

　　我撕掉病历本，"你们这是在恐吓，"我说，"我没杀过人。我为什么要杀她？我甚至没和她说过一句话，对了，那个姓蒋的，肯定跟他有关系。"

　　"她是有过一个姓蒋的情人，一个普通商人。"他递给我一张照片，"你在花满都看到的只是张招聘启事。"

　　我接过照片，依然无法相信这一切。

　　"女邻居根本没养什么杜宾。"他递给我另一张照片，那是我和沈渔还有一只泰迪的合影，说我们曾经养过一只泰迪，几年前遛狗没看好它，被一只杜宾咬死了。

我看着照片，呼吸几乎停滞。

"你的故事里，只有于佩是真的，你们通过推销电话认识，那天你没去见她，删除了她一切联系方式。"他说，"只不过你混淆了时间，那件事发生在三年前。"

"三年前？"我无法理解他的话。

"你说你不认识死者，对吧？"他看着我。窗外一声雷，雨更大了。

"这是在她遗物中发现的日记本。"他递给我一个厚厚的笔记本，"她记下了你们的一切。"

我从没见过这个日记本，里面内容却如此熟悉，那些娟秀的文字记录着一个推销电话开始的故事。

他们互相欣赏、无话不谈，她把他视为这个世界的另一个自己。她早已对生活感到绝望，是他重新点燃了那团火焰。

被拒绝后，那团火焰再次熄灭，她认识了一个姓蒋的老板，但那终究不是她真正想要的生活。

"半年前她通过私家侦探找到你，做了你邻居。那时候你失业在家，你爱人说你情绪变得敏感，你们的感情也遇到了一些问题。"他说。

一切我都想起来了。

我和沈渔很久没一起看画展了，共同话题越来越少，性爱也越来越不在状态。不是谁单方面的问题，我们坚信彼此是唯一，无论换成谁，也不会更好。

　　沈渔外派后，我继续浑浑噩噩，有天下着雨，我在家看着译制片，突然有人敲门。

　　"有事吗？"我问。

　　"我有批货想走海运，"她说，"你们船有泰坦尼克号那么大吗？"

　　我看着她。

　　我们在客厅喝酒，聊天，听雨。

　　她问我有没有看昨晚本地新闻，有人夜里翻墙进公园，把一个仙鹤罩子砸了，她说新闻播了一段那人砸玻璃的视频，尽管那人戴了口罩，她还是认出是我。

　　"不是我。"我说。

　　"觉不觉得有点闷？"她突然说。

　　我起身去开窗。

　　"我们去兜风吧。"她看着我。

　　我们开车去了海边，于佩望着天窗久久沉默着。

　　"新闻里说仙鹤一只也没逃走。"她转头看着我。

　　我吻了她。

　　做爱时她让我用手掐住她脖子，我们一次次达到极致，她抱着我，说我像变成了另一个人，一个真正的危险人物。

失业后我一直没找到新工作，沈渔封闭培训那几天，我和于佩去一家海滨度假酒店。

那几天我们早上一起看日出，午睡后去海滩游泳，还出海钓了一次鱼，颇有收获。吃完晚饭，我们一起爬山，于佩总是走那条偏僻小径，路尽头是一处悬崖，我们在那里看到大海的另一面。

有天早上我醒来，房间里没人，洗脸时门铃响了，我以为是于佩，去开门，是沈渔。

醒来于佩正晃我肩膀。

"梦到什么了？"她问我。

酒店最后一晚，我们在外面一直喝到深夜，不尽兴，又去沙滩接着喝，脱了鞋，赤脚走，四下无人，海浪轻轻冲向沙滩，又缓缓退回去，月光洒在海面，像一层蜡，对岸有个渔村，灯光星星点点，白天我们从没注意过那里。于佩说，"我们游过去吧。"说完没脱衣服，径直下了海。

我跟上去，和她游在一起。

"我们一直往前游吧，"她看着我，"不回去了。"

"好啊，不回去了。"我说。

我很想那么做，一直游，游到对岸，也许那里真是个世外桃源。

游了许久，灯火依然遥不可及，我停下回头看，离沙滩已经很远了。

"回去吧。"我说。

于佩没说话，往前游，我只得跟上她。

一艘快艇呼啸着开过来，几个人把我们拉上船，"你俩不想活了？"其中一个穿背心的火气很大，"大半夜游他妈那么远！"

外面下着大雨，我躺在床上抽烟，于佩坐在窗边看雨，晚上我接到沈渔电话，她说外派提前结束，明天要回来了。

"我们不能再这样了。"我不敢看她眼睛。

"我知道。"她很平静。

许久没人说话，她一直看着窗外，雨越下越大，电闪雷鸣。

"你在想什么？"我问她。

"我在想那两只仙鹤，"她看着我，"你知道吗，我听人说仙鹤其实是种猛禽，甚至比老鹰还厉害。"

我沉默。

"九十天，"她走过来，"像一瞬间。"

她拿掉我的烟，吻我，我一开始不想，后来被她点燃了，她却一再后退。

"我更喜欢和另外一个人。"她盯着我。

她激怒了我,我用力咬她脖子、肩膀。

"徐坦,"她说,"我想好了,明天我们一起去机场接沈渔。"

我死命地抱紧她。

"我决定的事,谁也拦不了。"

我抱得更紧了。

于佩把我的手放在她脖子上,"除非,你让他,再帮我一次。"

我跪在地上,失声痛哭。

他们给我打了一针,把我扶回病房。

"沈渔明天应该会来看你,只有雷雨天你才同意见她。"我躺在床上,隐约听见说话声,"有件事我觉得还是有必要告诉你,这次治疗一开始其实她并不支持。"

再后来,我进入了一个久远的梦境。

我在钟楼下等沈渔,联系不上她,开车时间越来越近,就在我准备放弃时,看到她从出租车下来。

火车行驶在幽暗的平原,沈渔靠在我肩上睡着了,我尽力让身体保持不动,好让她睡得安稳一些。

过一座桥时沈渔被车轮声吵醒,发觉靠在我身上,对我笑笑，我也笑笑，谁都没说话。火车驶入一条隧道，漆黑，漫长。

我闭上了眼睛。

去往任何地方

　　除夕那天我起床时，对面山谷的雾一点没散。屋前那棵野杏开了花，摘几朵放鼻子边，还是闻不到任何气味，大概两年前，我因为常年酗酒失去了嗅觉。

　　一整天我都在给老屋刷石灰，那是个上年头的土坯房，墙皮掉光了，只有靠近瓦檐的地方还能看到一点白色。

　　老屋在深山里，手机没信号，离最近一户人家也有二里山路。七个月前邵林开着皮卡一路颠簸把我从镇上送到这儿，我觉得就是我要找的地方了。

　　我和邵林是几年前在重庆监狱认识的，我曾经在重庆一家地下赌场当管事儿，那工作吃香喝辣，但出了娄子得替上头兜着。

　　监狱比想象中好些，灯红酒绿过够了反倒清净，唯一问题是里面没个能逗乐解闷的。过了一年多，监舍来了个大个子，听说是帮朋友出头进来的。

那天吃饭他坐我旁边，聊了几句，问他帮的什么人，他问我小时候有没有那种互相怂恿跳伞的朋友。

"跳什么伞？"他把我问住了。

"雨伞，楼上往下跳。"他比划着说。

"有吧。"我想了想说，"应该有。"

"就那样的朋友。"他把一勺饭送进嘴里。

"然后呢？"

"我跳了。"他含混不清地说。

后来我们常一起闲扯打发时间，前妻送的吃穿都有他一份。

过了大半年，他先出狱，临别时留给我一个座机号，让我去贵州一定找他，拍胸脯说迷雾河那片儿他罩得住。

我从没想过打那电话，但不知怎么，最后还是想到了他。号码不难记，只忘了最后一个数，试到第三次，有个老头接起电话，全是哗啦声，邵林和我提过他父母在镇上给他留了个铺面，长年租给别人开麻将馆。老头问明来意后让我等一下，一分钟后邵林来了，"哪个？咋不说话？喂？耀哥！"没想到他一下听了出来。

大雨夜，邵林安排一个朋友来曲江接我，出了县城，公路沿河逆流而上，进入森林，河面雾气溢到路上，能见度很低，我始终没能看见河的样貌，开车的年轻人一脸和年龄并不相称的严肃，始终保持缄默。

邵林家在镇子边上，一栋孤零零的二层砖混小楼，面朝公路背靠大山，后院有棵粗壮的梧桐，邵林在树下搭了个车棚，我到的时候他正弓在车棚修车，浑身机油，满脸汗，那台车引擎盖开着，车身罩着块蓝色防水布。

那时邵林二进宫刚出来没多久，他冒充警察抓赌判了一年半。他应该早有了计划，在里面才事无巨细跟我打听赌场的情况。

我告诉他我不能待在镇上，镇子再小他们也能找到，我甚至只能晚上来。

"哥，咱究竟得罪谁了？"他转着手里的扳手。

我无法告诉他事情原委。

"看来麻烦不小。"他皱了皱眉，"这样，给你安排个地方，保证鬼也找不到。"

老屋偏僻，设施却齐全，邵林父亲过世后，母亲去外地跟大女儿过，之后一直空着。

那是我几个月里睡得最踏实的一晚，中午才醒，精神好了些。下午打扫完屋子，邵林来了，带不少吃的，拉来一台旧冰箱。

"想住多久住多久，"他说，"有啥需要跟我说，我送来。"

我叮嘱他没事别来。

我把老屋周围抛荒的地重新开垦了出来，手上起了水泡，就用针挑破缠上布。

我把地分成七八块，种上不同蔬菜，每天浇水，半个月除一次草，让邵林帮我买了几只鸭苗，养在院子里。

我费了点力气修好了房顶那口天锅，晚上能看看电视，这儿可以收到几个国外专门放纪录片的台，多数时候在讲动物，那段日子我见识了不少稀奇古怪的动物。

西藏有种赤麻鸭，非常痴情，如果一只鸭子配偶死了，它就会飞到悬崖，把头插到石缝里，用脚拨动身体扭断自己的脖子，以此殉情。所以藏人不杀赤麻鸭，杀一只等于杀两只。

亚马孙丛林有种蓝冠水鸟，非常美味，是当地人最爱的食物，这种鸟头上长着一簇蓝色羽毛，只在很高的树顶上栖息，很难捕捉。

但猎人有办法，只需抓住一只蓝冠水鸟，用细绳把它脚绑住，拴在树下，时间一长这只水鸟饥饿难耐，发出哀鸣，就会有其他蓝冠水鸟前来喂食。猎人躲在旁边，等它靠近时开枪，其他蓝冠水鸟看到同伴中枪，只要绑住那只还在叫，仍然会继续喂食。

这些动物里，我最感兴趣的是企鹅，这种动物行动缓慢，反应迟钝，却在南极存活了几千万年。

那段时间我看了很多关于企鹅的纪录片，几乎成了企鹅专家，对它们生活习性了如指掌。

但有一只企鹅我百思不得其解。

一个摄制组在南极拍人类主题纪录片时，偶然发现了一只奇怪的企鹅，这只企鹅不去海里捕鱼，栖息地也不回，竟朝群山方向走去。对企鹅来说那无异于自杀，摄制组把他抓回族群，更奇怪的事发生了，不管抓回来多少次，这只企鹅都会离开，义无反顾地，朝山那边去，没人知道他究竟要去哪儿。

晚上我煮了块腊肉，从地里摘了蒜苗和豌豆尖，准备做腊肉炒蒜苗和清汤豌豆尖，似乎不够丰盛，犹豫要不要宰一只鸭，看到鸭子们回来了，扭着屁股，像企鹅一样，便弃了念头，舀一大碗麦子给它们加了餐。

吃完年夜饭，我架火烧一大锅水，泡了个澡。白天太累，泡一会儿就睡着了，做了个梦，梦到他们还是找上门来，一顿扫射，把浴桶打成了筛子。梦里我一点不害怕，只觉得浴桶四面漏水有些滑稽。醒来时水已经冷透，外面有鞭炮响，还有说话声。

我拿着擀面杖，从窗户往外看，邵林和一个女人在院里放烟花，邵林拿着烟花转圈，转晕了头，一跤摔在雪堆里，女人笑个不停。

我穿好衣服，开了门。

"春节快乐。"女人先和我打招呼。

我和她点点头。

"梅梅，我女朋友，这是耀哥。"邵林嚼着口香糖，搂着女人的腰。

"我想找朋友再喝点，"他说，"梅梅不想见我那些狐朋狗友。"

"欢迎。"我只得说。

"来这儿就来对了，耀哥也是狐朋狗友。"邵林笑着说。

我在屋里生了火，他俩把吃的喝的一股脑摆上桌，我们围着火堆烤火。

"十八岁快乐。"邵林端起酒杯对梅梅说，又看看我，"今天是梅梅生日。"

"谢谢。"梅梅说，"我二十九，马上三十了。"梅梅不是那种缺乏阅历的女人，这是我对她的第一印象。

"生日快乐。"我说。

"谢谢。"她用热水和我碰了一下杯。

"咱们干了。"邵林对我说。

"你在我这儿永远十八。"邵林一边倒酒。

"可我不想永远十八。"

"十八有什么不好？我就喜欢十八，你十八在干嘛？"他问梅梅。

"在爱。"梅梅捧着热气腾腾的水杯。

"谁那么倒霉？"邵林说。

梅梅踢他一脚。

"你呢？"邵林问我。

"什么？"

"十八岁在做什么？"

"瞎混。"我说，那时候我在做什么呢，刚上大学，每天无所事事。

"你们怎么认识的？"我说，我不知道邵林还有这么一个女朋友。

"你信不信我一直在等你问这个？"邵林笑起来，"酒干了我告诉你。"

我喝了那杯酒，分两口。

两年多前，邵林在长沙火车站排队进站准备回家，梅梅在他前面，当时他一眼就喜欢上了梅梅，但他们中间隔了好几个人，眼看梅梅将消失于人海，他注意到一个脏兮兮的小孩正沿着进站队伍挨个要钱，说自己是离家出走的，现在要买票回家，一路过来没人搭理，只有梅梅给了他钱。小孩走了，邵林追过去，回来给了梅梅一张纸条，告诉她，出于负责任的态度，明天最好打个电话问问孩子有没有到家。

"接下来她和你讲。"邵林搂着梅梅。

"还要喝一杯？"我问。

"当然！"梅梅说。

我一饮而尽。

"我上了这个狗东西的当，"梅梅伸手捏邵林脸，"第二天我按那电话打过去，问小孩到没到家，结果是这个狗东西接的。"

"后来呢？"我说。

"后来，有的人天天打电话找我，甩不掉了。"

梅梅没反驳，只是笑。

"我们要结婚了。"她看着我。

"是吗？那得喝一杯，"我倒上酒，"恭喜。"

"谢谢。"她和我碰了一下杯。

"以后有什么打算？"我问。

"我们想把麻将馆收回来，改成酒吧，"梅梅说，"镇上这两年不是搞旅游么，那位置开酒吧挺适合，正好我也会调酒。"

"不一定呢，"邵林倒上酒，"她把事情想得太简单，老被骗。"

"被骗什么了，被你个狗东西骗还差不多。你们想不想喝一杯我调的酒？"梅梅胳膊肘碰了碰邵林，"递一下。"

"我跟她说那小孩是骗子她还不信。"邵林给她橙汁。

梅梅往一个空杯子里倒些白酒、橙汁，再撒点盐进去，摇几下。

"谁要试试？"

我举了下手，她把酒递给我，我喝了一口。

"怎么样？"

"不错。"我说。

"那孩子很瘦，七八岁的样子，眼睛乌黑乌黑的，额头上有一小块疤，你觉得他是骗子吗？"梅梅问我。

"不是。"我说。

"听见没！"梅梅对邵林说。

"你救了他，"我说，"再流浪下去他很可能会犯罪。"

我想起自己七八岁的时候，在县城街上看到一群衣不遮体的孩子，那些孩子操着外地口音，年龄和我相仿，我能记住的是其中一个孩子手里拿着一根铁钉，锈迹斑斑，至少十公分长，他把铁钉插进自己鼻孔，然后拉着路人衣服要钱。

"犯罪怎么了？"邵林点了支烟，告诉我们他第一次犯罪就是在十八岁，那年他在上海一家五星级酒店做了几个月行李员，有天，一个老头在他送完行李后说还想请他帮个忙，老头掏出一沓崭新的人民币，说只要邵林把鞋和袜子脱了，就给邵林那些钱。邵林没给老头看脚，而是给了他一脚，还拿走了那沓钱——他抢劫了老头。

"我只是重新分配一下。"邵林揽着梅梅的肩。

"这儿很安静是不是？"梅梅问我，"你每天做些什么？"

"事儿多了，翻地，种菜，劈柴，现在城里人喜欢往乡下跑，耀哥今天还把房子刷了，"邵林对梅梅说，"城里人就这样，到哪儿都好面子。"

"耀哥还养了鸭子。"他说。

"鸭子？"梅梅说。

"想不想吃烤鸭？"邵林说着起身往外走，"给你烤一只。"

"别乱来，"梅梅说，"我从来不吃鸭子。"

外面传来一阵人模仿的鸭子叫，过了一会儿鸭子们也叫起来。

"不去看看你的鸭子？"梅梅说。

"鸭子没事。"我说。

梅梅拿起邵林放在桌上的烟，抽出一支，对我做了个嘘的手势，"他现在不让我抽烟。"

我拿打火机给她点上火。

"谢谢。"她说。

有那么一会儿谁也没说话，梅梅添了几根柴，火堆噼里啪啦腾起一串火星。

"你的事他什么都没和我说。"梅梅说。

我看着她眼睛。

"我不知道你有没有把他当朋友。"她出神地看着那堆火。

"我一点儿不了解你，不知道你从哪儿来，以前做过什么，可我知道，邵林把你当朋友。"梅梅说，"我有种预感，他还想干那事，就是最近。"

"什么意思？"我说。

她看看我，突然笑了笑，"我干嘛和你说这个，都一样，你们管这个叫什么？天性？对不对？"

"先不烤了，让它们好好睡觉吧。"

梅梅把半截烟扔进火堆，用手扇着面前的烟。

邵林两手空空回来，依然兴致勃勃。

"有人想帮我调杯酒吗？"他喝掉杯里剩的酒说。

"自己来，"梅梅说，"又不是不会。"

邵林学着梅梅给自己弄了一杯。

"你说我要是往里面加点这个会怎么样？"说着他往杯子里倒些辣椒面，用手搅了搅。

"神经。"梅梅捶他胳膊一下。

"嗯，好喝。"邵林又喝一口。

"怎么这么安静？"他说，"为什么没人说话了？"

"要不你讲个故事吧，"邵林看着我，"讲讲你究竟惹了什么人，一直不肯讲。"

"要是我说之前骗你，"我喝了口酒，"只是想找个地方躲清静呢？"

"巴不得，"邵林说，"下个月可以收房租了。"

"你们想听故事么？"梅梅突然说。

"想。"邵林说，"非常想。"

"你呢？"她问我。

"好啊。"我说。

"但是你们得答应，"她说，"讲完什么也别问。"

"不问。"邵林点了一支烟，"你说吧。"

她开始讲那个故事，故事发生在七八年前的南方，那座曾被称为犯罪之都的沿海城市。

女孩叫阿云，非常漂亮，漂亮到什么程度呢，梅梅说，"如果你被她真正看过一次，就不会对其他女人产生兴趣了。"

这话让我想起了前妻，她眼睛很好看，据说有的人对你笑，你会有一种被运气青睐的感觉。

"不是所有孩子都是爱的结晶。"梅梅说。

阿云出生在长江边一个小镇上，有个大她两岁的智障哥哥，父母告诉她，这就是生她的原因，他们请不起保姆照顾他。

她的处境可想而知，她没得到过一点爱，连智障哥哥也欺负她。

她只能把全部寄托放在爱情上，十五岁和一个理发师私奔去了北方。

随着慢慢长大，她变得越来越受欢迎，她爱过一些人，都是混蛋，其中一个曾经海誓山盟对她好，同居之后却完全变了个人，当他向她挥出拳头，她惊醒过来，离开了北方并发誓永远不再回去。

她去了南方，在当地最出名的一家夜总会做陪酒小姐。

有一天阿云喝得很醉，上了一个老板的车，认识了开车的阿志。

阿志是财务，大学刚毕业，老板看他可靠，偶尔叫他来开车。那是阿志的第一份工作，他工位在二楼窗边，往下看，可以看到数以千计穿着蓝色工服的年轻人在流水线上忙碌的场面。

这次同样是送到酒店，路上老板接到老婆电话，说孩子生病了，老板只得让阿志掉头送自己回家，顺便处理一下阿云。

阿志把老板送到家后，准备送阿云回家，阿云醉得不省人事，怎么也叫不醒。

他只得带她回自己住处，路上女孩醒了，扶着额头，问阿志是谁，阿志把刚才的事告诉她。

"你要带我去哪儿？"她在后视镜盯着他眼睛。

"刚才我叫不醒你，"阿志解释，"只能先带你回我家，你家在哪儿？我送你回去。"

"不。"阿云想了想，"去你家。"

"家里有酒吗？"她说。

阿志把阿云带回了家，电子厂附近有座山，山上全是荔枝树，他在山脚下租了间平房，旁边是个武警边防哨所，安静又安全。

他去便利店给阿云买酒，阿云却不喝了，给阿志讲起自己的故事，她从没跟谁讲过，讲到最后她笑起来，说自己现在好得很，因为她终于发现与其被男人利用，还不如利用男人。

阿志告诉她不是所有男人都那样。

"不用安慰我。"阿云点了支烟。"我很漂亮不是吗，这就是最强大的武器，"她说，"我的立足之本。"

阿志不知道该说什么，他一直在鼓起勇气去凝视她那双棕色眼睛。

"你想做我男朋友吗？"她朝他吐出一口烟，"我是不会拒绝你的，我男朋友多得数不清。"

"我喜欢你。"阿志脱口而出，那是他第一次，也是唯一一次说出那句话。

"你说什么？"阿云看着他，"不要骗我，喜欢我，想上我，我都能区分出来。"

阿志后悔不该说那句话。

"我好困。"阿云说。

阿志让她睡床，自己睡沙发。

阿云躺下瞬间就睡着了，"晚安，"她说，"你是个好人。"

阿志整晚没睡着。第二天一早，他把阿云送回公寓，阿云告诉阿志她把他当成好朋友。

一开始阿志常去夜总会接她回家，他认为那是好朋友应尽的职责，阿云不喜欢他那么做，她只想方便时见面，再后来，电话也不接了。

那天阿云不上班，阿志去找她，前一晚他在书上看到一句话，爱不是束缚，是自由。

门开了，阿云睡眼惺忪，穿着一件几乎透明的睡衣，她让他进屋坐，给他倒了杯水，他以为他们关系回到了过去，没多久卧室里出来一个赤裸上身的漂亮男人，在沙发上找到T恤，出了门。

阿志心里反复默念书上那句话。

"那人是？"他装作不经意。

"一个朋友。"阿云说，她在卧室换衣服，阿志一扭头，看到了她的裸体，把头转了回来。

"好朋友吗？"

"普通朋友都不算。"她说，"一个屁。"

"那你有几个好朋友？"

"要多少有多少，谁都可以当我好朋友。"她说。

"就是说，一个也没有。"

"你听着，"阿云穿好内衣，把裙子拿在手上，走到客厅，"我知道你想说什么，我早说了，我有很多男朋友，这是我的生活方式。"

他看着她。

"你想吗？"阿云说，"想要就现在，不然衣服一会儿还得脱。"

"我想告诉你，不是每个男的都那样。"阿志说。

她笑了，"说教很不性感，你别总想着教我变好，除非你能给我变好的条件。"

她开始穿裙子，转过身，让阿志帮忙拉上背后的拉链。他照做。

"其实你人不坏，"她说，"只是我们注定不是一类人。"

"如果你能接受这一点，不来干涉我生活，那我们还可以继续做朋友。"阿云看着他。

阿志立刻答应。

他们一度更亲密了，她经常给他打电话，逛街时会像女朋友那样挽着他手……他觉得自己领悟到了爱的真理，所有痛苦都源于不够慷慨。

变化是她和他谈论换一种生活方式开始的，她说她老了，脸上开始有皱纹了，还说她最近认识了一个男人，交通部门一把手，也在做二手车生意。

"一年他愿意出这个数。"她伸出五个手指。阿志不同意，理由是出价太低，她采纳了。

有一天，阿志看到她坐在老板车里从面前经过，他一下子愣在那里。

他打电话问阿云他老板开价多少。"一笔无法拒绝的钱。"她说。阿志的老板没少偷税行贿，走私洗钱。阿志认为那笔无法拒绝的钱，很可能对他来说只是微不足道的一笔钱，一个屁。

"我需要那笔钱。"阿云说。阿志觉得她的决定和她家庭有关，但他不再给她打电话了。

几个月后，他觉得已经把阿云给忘了，直到有一天，他和一个老乡喝酒。那人失业了挺久，之前在道上混过，他们聊起大捞一票的生意，朋友提到绑架，阿志立刻想到他老板。他们当即策划起来，准备对老板七岁儿子动手。那是个调皮捣蛋的小霸王，尽管阿志不喜欢他，还是要朋友保证绝不伤害孩子。

"放心。"朋友说，"只谋财，不害命。"

很快，他们绑架了老板儿子，管老板要一笔巨额赎金，老板没报警，老老实实给了钱，但孩子没送回去。据说是个意外。

"后来呢？"邵林问。

"两人没多久就抓到了，"梅梅说，"死刑，很快执行了。"

"这事不怪阿云。"邵林说，"她没做错什么，不能一出事就说女的是红颜祸水，不地道。"

"你知道这故事最悲哀的是什么？"梅梅说。

"都很悲哀。"邵林抬头看着她，眉头紧锁，"最悲哀就是那个阿志，大笨蛋，搞什么绑架，敲诈勒索多好，他不是说老板有很多黑料？我太了解那些老板了，他们绝对不敢报警。"

"阿云后来怎么样了？"我问。

"消失了，"梅梅说，"谁也不知道去了哪儿。"

"不怪阿云，"邵林撇撇嘴，"对了，那阿志，他们怎么被抓的你知不知道？"

"你怎么不说说你是怎么被抓的？"梅梅看他一眼，"算了算了，有的人根本没听懂故事。"

"不知道你为什么要讲这个。"邵林说。

"我喜欢这故事。"我说。

"听得我头晕脑涨，"邵林晃了晃脑袋，"你头不晕？"他问我。

"屋里生着火呢。"梅梅说。

"对对对，氧气不够了，"邵林吸了吸鼻子，"出去转转吧，透透气。"

"去哪儿？"梅梅说，"镇上看耍龙灯？"

"都行，就是不能去镇上，"邵林看看我，"对吧？"

"我也不想去人多的地方。"梅梅说。

"有了，去钓鱼吧，"邵林站起身，"我知道个好地方。"

"神经病，"梅梅说，"大半夜钓什么鱼。"

"你不懂，大鱼就喜欢晚上活动。"邵林说，"走吧，把火灭了。"

"你去吗？"梅梅问我。

"当然去，我们还没怎么喝呢。"邵林说，"把酒带上。"

一路上邵林放着歌，他手扶着方向盘，一边哼歌一边打拍子，还递给梅梅一袋薯片，张大嘴发出"啊"的声音。

皮卡沿河开一阵进了山，没多久，到了个湖边。湖心有个篮球场那么大的船屋，邵林说那是朋友开的水上农家乐，他让我拿吃的，自己从后座抱下来一箱烟花。

我们上了湖边一艘木船，邵林解开绳子，我和他一人一桨，往船屋划去，周围空无一人，我们穿过湖面弥漫的雾，划桨声清脆悦耳。

　　登上船屋，邵林拴好木船，打着手电在门口一排花盆底下摸半天。

　　"怪了，钥匙呢？"

　　"要不打电话问问你朋友？"梅梅说。

　　"这哪有信号啊？"邵林找来一根锈铁棍。

　　"不太好吧？"梅梅说。

　　"没事儿，"邵林三两下撬开，"哥们儿。"

　　邵林打开电闸，船屋顿时亮了起来，四周全是橘黄的灯，像座水上宫殿，他领着我们参观一番，厨房餐厅卧室一应俱全，甚至还有个KTV。

　　"晚上住这儿也行。"邵林说。

　　"我不想钓鱼，外面太冷了，"梅梅说。"我想唱歌。"

　　邵林从库房里找出两根鱼竿。

　　"好啊，"邵林说，"女人唱歌，男人钓鱼。"

　　船屋上有块专供钓鱼的平台，挂好饵，船屋那头响起了歌声，梅梅唱得不错，我们边听歌边盯着夜光浮漂，邵林往浮漂的位置撒了几把鱼食。

　　"一开灯，"邵林说，"这些鱼就知道开饭了。"

　　六七首歌，我们钓上来几条鲫鱼和黄辣丁，之后浮漂陷入沉寂。

"看来都吃饱了。"邵林把鱼竿放到一旁，点了支烟。

"你想不想知道我是怎么被抓的？"他说。

我看着他。

"一切很完美，"邵林吐出一口烟，看着远处，"场子再大也不在话下，完全正规流程，所有赌鬼全程配合，没一个怀疑我们身份。"

"问题出在那辆车上。"他说，"我们开私家车去的，那次收队引起了怀疑。"

"你想不想有把枪？"他看着我，狠狠地啜了一口烟，烟头亮起瞬间听见燃烧的嗞嗞声。

"什么？"我问。

"一把枪。"他说。

他讲了一件小时候的事，关于一只鸽子。那是只迷路的信鸽，飞到他家老屋，他把它养在阁楼上，给它喂食喂水。时间一久鸽子可以停在肩膀上吃他手里的玉米，他把鸽子放出去，都会自己飞回来，直到那天遇到了鹞子。鸽子拼命逃，但鹞子比它飞得快，他说就是从那时候开始想要有把枪的。

"前两天我找人查过你。"邵林把烟头摁灭，"重庆，那个大案，关键证人。"他看着我。

"你知道自己值多少钱吗？"他继续那样看我，突然嘴一咧，露出一口大白牙，"跟你开玩笑，放心，你是我朋友啊，欸，你的漂，漂。"

我连忙提竿，饵没了。

"干脆我也和你说个秘密。"他说，"不过这事儿跟梅梅有点关系，你不能告诉她。"

我答应了。

"之前我搞到一辆坏掉的警车，我修了很久，费老大劲，怎么也修不好，本来我是无论如何都要干的，还是出了点差错，"他说，"上周梅梅突然中招了。"

"这事儿主要怪我，我就跟老天打了个赌，如果梅梅生日之前，我修不好那台车，就是天意，老天让我收手，我和梅梅结婚，把孩子生下来，咳咳……"他清清嗓，"但是那车，昨天突然修好了。说起这个，还真有个事想问问你，你觉得究竟算抢劫还是诈骗？"

"梅梅怎么办？"我说。

"你不能跟梅梅说。"他看着我，"绝对不能。"

"想不想游泳？"他说。

他收了鱼竿，三下五除二脱光衣服，后退几步，往前一冲，扑通一声跳进水里，他在水里扑腾着，大喊大叫。

歌停了，梅梅听见动静跑出来。

"有病啊。"她喊，"淹死了怎么办？"

"你救我啊。"邵林说。

梅梅从墙上取下个救生圈，扔给他，他开始往回游。"好冷。"边游边说，"要冷……冷……冷死了。"

邵林一上船赶紧裹住了梅梅给他的浴巾，浑身抖个不停。

"冻死你个狗东西！"梅梅搂着他进了屋。

他们许久没出来，我抽完一支烟，把鱼倒回湖里。我打开那箱烟花，拿出最大那个放甲板上，点燃引线，一枚枚礼花弹升上天空，炸开黑夜。

晚上我们没在船屋住，邵林坦白其实不认识老板，车上他问我去哪儿，我说都行。

梅梅先睡了，我和邵林在客厅又喝了些酒，邵林醉了，睡在了客厅。

外面下起了雪，落在地上簌簌响。我站在窗边，点了支烟，我很想给前妻打电话，听听她的声音。

我又想起那只企鹅，笨拙地行走在荒原，那片他永远无法离开的苦寒之地。

后院，那辆车停在车棚，掀开防水布，打开油箱，找来盆和软管，取出几升汽油，揭开引擎盖，浇到里面。

呼一声，火焰蹿起，很快吞没车身，车棚和梧桐树也跟着燃烧起来，熊熊烈烈，直冲云霄。

猛然间一股电流击中心脏，我定在那里，动弹不得。

"阿耀。"身后一个低沉的声音。

我没回头，继续火中寻找，直到倒在地上。我朝着火的方向，浑身温暖，我闻到一阵甘甜，我看到他走向那扇门。

这次我知道，他将去往任何地方。

图书在版编目（CIP）数据

绿血 / 宋迅著. — 广州：广东人民出版社，2024.1（2025.11 重印）
ISBN 978-7-218-17042-8

Ⅰ.①绿… Ⅱ.①宋… Ⅲ.①中篇小说—小说集—中
国—当代②短篇小说—小说集—中国—当代 Ⅳ.① I247.7

中国国家版本馆 CIP 数据核字（2023）第 201990 号

LÜ XUE

绿血

宋迅 著   版权所有　翻印必究

出 版 人：肖风华

责任编辑：黄炜芝　熊　英
特约编辑：刘　玲
封面设计：孙晓曦
版式设计：唐　旭
责任技编：吴彦斌　赖远军

出版发行：广东人民出版社
地　　址：广州市越秀区大沙头四马路 10 号（邮政编码：510199）
电　　话：（020）85716809（总编室）
传　　真：（020）83289585
网　　址：http://www.gdpph.com
印　　刷：广东鹏腾宇文化创新有限公司
开　　本：787mm×1092mm　1/32
印　　张：10.75　**字　　数：**185 千
版　　次：2024 年 1 月第 1 版
印　　次：2025 年 11 月第 2 次印刷
定　　价：56.00 元

如发现印装质量问题，影响阅读，请与出版社（020-85716849）联系调换。
售书热线：020-87716172